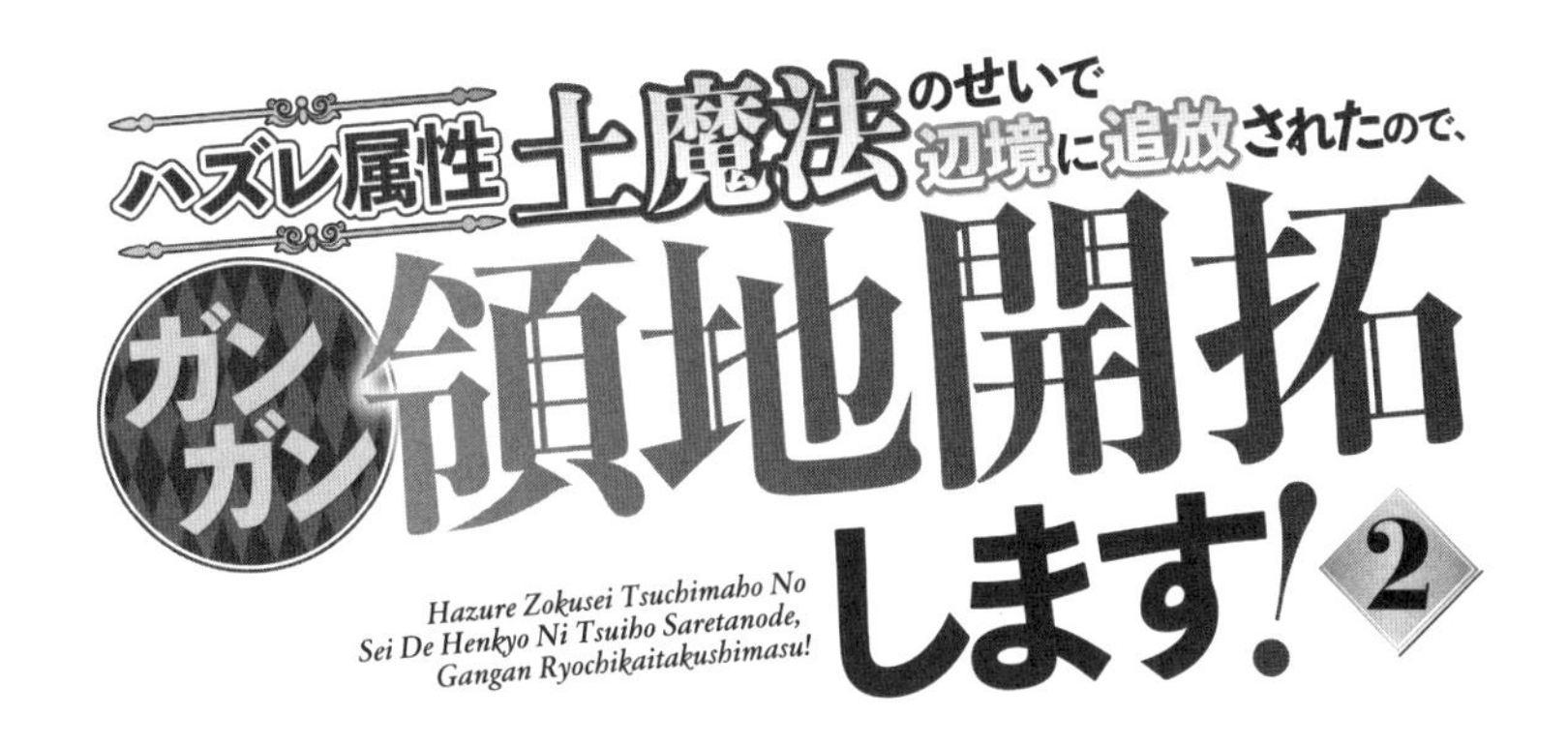

[著] 潮ノ海月

[イラスト] しいたけい太

オルトビーン
ファルスフォード王国の
宮廷魔導士。
エクトの右腕として働く。
リリアーヌ
視察に訪れたことをきっかけに、
エクトを手助けするように
なった宰相の孫娘。
エクト
ボーダー一帯の領主。
ハズレ属性とされる土魔法を
駆使して領地を発展させる。

主な登場人物

ルーダ

ワーウルフ族の獣人。
魔獣を操るテイマーとして、
エクトに助力する。

リンネ

ボーダでエクトを
支えるメイド。
回復魔法の
使い手。

グランヴィル宰相

リリアーヌを溺愛する、
ファルスフォード王国宰相。
王国の陰の苦労人。

アマンダ

女性だけの冒険者パーティ
『進撃の翼』のリーダー。
姉御肌な大剣使い。

第1話　スタンピードの褒賞

俺の名前はエクト・グレンリード。

ファルスフォード王国の最南端から西部にかけての辺境を領土とする、グレンリード辺境伯家の三男として生まれたのだが……領都グレンデで十五歳を迎え、自身固有のスキルを与えられる『託宣の儀』を受けたところ、外れ属性とされる『土魔法』を得てしまった。

グレンリード辺境伯家は代々、炎・水・風の三属性のいずれかを使える魔法士、通称三属性魔法士を輩出してきた名家だ。

ハズレ属性を手にした俺は憤慨した父によって、この辺境領の中でも最果てにあるボーダ村の領主として封じられてしまった。

しかし俺は持ち前の転生者としての知識をいかし、女性だらけの冒険者パーティ『進撃の翼』の面々や、道中助けた商人のアルベドに譲ってもらった奴隷メイドのリンネと共に、未開発の森林に囲まれたボーダの村を発展させていく。

村の拡張、インフラ設備、防壁の強化と、村の運営は大忙しだった。

未開発の森林を探索しては多くの魔獣と交戦し、森林を超えた先のアブルケル連峰では、ハイドワーフ族と出会い、ミスリルの取引交渉に成功した。

ミスリルの発見とファイアードラゴン討伐の功績で男爵となり、グランヴィル宰相の孫娘であるリリアーヌを仲間に迎えた俺は、ボーダ村を拡張していき、城塞都市と呼ばれるまで発展させた。オルトビーンという宮廷魔術師が仲間になったり、周囲の村を併合したりと順調だった俺の領地経営。

そんな中、近隣にあったダンジョンから魔獣が溢れ出すスタンピードが発生したが……冒険者達やボーダの皆、そしてハイドワーフ達の助けもあって、無事に魔獣の群れを撃退したのだった。

そして今は、スタンピードの撃退で手にしたドラゴン種の素材を百台の荷馬車に山積みにして、王都ファルスへやってきていた。

ボーダに所属する狩人部隊百人を警護につけ、俺とリンネ、リリアーヌ、『進撃の翼』のメンバーであるアマンダ、オラム、ノーラ、セファー、ドリーンも一緒だ。

百台もの荷馬車はかなり目立ち、この王都に到着するまでに何回も野盗に襲撃されることとなったが……狩人部隊の警護のおかげで、無事に到着した。

ただ王都ファルスの中に入っても、荷馬車百台は相変わらず目立っていた。そのまま王城の中へ進むまで、注目を集めっぱなしだ。

王城の中に入ると、馬車の停車場でオルトビーンとグランヴィル宰相が待っていた。

馬車から降りた俺達を、というかリリアーヌを見て、グランヴィル宰相は顔を綻ばせる。そして彼女の体を包み込むように抱きしめた。

「リリアーヌ、よくぞ無事に戻ってきた。スタンピードの報告書を読んだ時には、驚きで心臓が止まるかと思ったぞ」

「おじい様、そんなに強く抱かれると痛いですわ。ご心配していただきありがとうございます。リリアーヌはこの通り元気ですわ」

グランヴィル宰相はリリアーヌの言葉でようやく離れると、荷馬車百台を眺める。

「ドラゴン種の素材は王家が買い取るから持ってくるようにと言ったが、これは数が多すぎる。王陛下も目を回されるだろうな」

ボーダの地下に作った保管庫にはまだまだ素材が残っているんだけど、言わないほうがいいだろうな。

そのことを知っているオルトビーンは、何も言わずニヤニヤした笑顔で俺を見て、深く頷いている。

「ともあれ、よくぞスタンピードを生き抜いた。自分達の領地だけでなく、この国そのものを守ってくれたに等しいぞ」

宰相の言葉に、俺は頷く。

「城塞都市ボーダに住んでいる住民全員の勝利と言っていいと思います。俺達だけではスタンピードで壊滅していました」

「ああ、その通りだ……さて、陛下が謁見の間でお待ちだ。陛下も、エクトから直接聞きたいとおっしゃっている。さっそく向かおう」

宰相の合図で、近衛兵二人に先導されて城の中に進む。

グランヴィル宰相とオルトビーン、俺、リリアーヌ、リンネ、『進撃の翼』の五人の順だ。

ちなみに馬車の御者と狩人部隊百人は、別の場所で待機だ。

謁見の間の大扉の前に着いた俺達は、近衛兵に武具を預け、中に入っていく。

既に国王――エルランド陛下は玉座に座り、俺達を待っていた。

俺達は玉座の手前二十メートルほどで、片膝をついて頭を下げ、礼の姿勢をとった。

「全員、面をあげよ！」

言われるがままに顔を上げれば、エルランド陛下は満面の笑みだった。

「エクト男爵よ。よくぞスタンピードの中を生き残った。そしてよくぞ自分の領地を守り抜いた。このような話は王国内でも聞いたことがないぞ。褒めてつかわす」

「ありがとうございます」

「さて、ドラゴンの素材は王家が買い取る慣習となっているが、さすがに荷馬車百台もの素材を持ちこんだ者は過去にいない。あれら全て王家で買い取るとなると王家の財政が傾く。よって光金貨百枚の証文で良いか？」

滅多に使われるものではないが、光金貨一枚で、前世の価値だと約一億円くらいだったか。ということは、俺が王家に百億円分を貸し付けるということか。

王家に貸しを作るのもいいが、金以外のところで許可が欲しいものがあるんだよね。

「陛下。光金貨五十枚で結構です。その代わりと言ってはなんですが、実は今も私の領土には、王城に持ってこられないほどのドラゴンの素材がありまして、それの利用を許可していただけないでしょうか？」

そう、ドラゴンの素材は全て王家が買い取るというルールがあるため、王家以外がドラゴンの素材を利用することはできない。であればと、この交渉内容を思いついたのだ。

俺の言葉に、陛下は目を丸くしている。

「荷馬車百台にドラゴンの素材を運んできたと聞いていたが、領内には、まだそれ以外にもドラゴンの素材があるのだな。それはエクト男爵が自由に使ってよい……ただし、素材そのものを他領と売買することは禁止だ」

「ありがとうございます」

まぁ、直接素材を売って儲けたいわけではないから問題ないな。

「それでは……今回のスタンピードを撃退した功績、及びドラゴンの素材を王国にもたらした功績により、アブルケル連峰を領土として与えよう。そして爵位だが、本来であれば爵位を一つ上げて子爵とするところだが、その功績により、伯爵に陞爵する」

「ありがたき幸せ」

アブルケル連峰が領土として手に入ったことは嬉しい。

これまでは名目上はグレンリード辺境伯領だったからな……父上はまったく着手するつもりもなかったようだけど。

そんなことを考えていると、陛下はリンネと『進撃の翼』の五人に顔を向けた。

「リンネ、アマンダ、ノーラ、オラム、セファー、ドリーンの六名には、子爵の爵位を与える。これからもエクトを支えよ」

リンネ達は深々と平伏する。

続いて陛下は、リリアーヌを見て、何か考え込んでいる様子だった。

「リリアーヌ・グランヴィル、そなたにも褒賞を与えたいのだが、爵位で良いか？」

その言葉に、リリアーヌは花が咲いたようにパッと笑みを浮かべる。

「陛下、爵位は要りませんわ。その代わり、貸し一つとしても宜しいでしょうか。私には願いがございまして、それを陛下に叶えていただきたいのです。内容については、その時がきたら申し上げます」

「ははは、国王である私から貸し一つか。面白い。褒賞は貸し一つとしよう」

国王に対して不敬じゃないか？　と一瞬焦ったが、陛下は面白くて堪らなかったのだろう、腹を抱えて笑っていた。

宰相の孫娘だし、家族ぐるみで昔から仲が良かったから許されている……みたいな感じかな？

とにかく、これで陛下との謁見も無事に終わったな。

謁見の間を出た俺達はまず、狩人部隊と荷馬車百台に、先にボーダまで戻るように伝えた。

大した用ではないが、俺達は王都でやることがあるからな。

というわけでその日の夜、俺達はグランヴィル宰相と食事をすることになった。

リリアーヌがいるおかげで上機嫌な宰相が尋ねてくる。

「さて、私に頼みたいことがあるとリリアーヌから聞いたのだが、いったい何だね？　できるだけの協力はしよう」

「はい、実はボーダは日々発展しているのですが、文官が足りないのです。有能な者を採用したいと思ってはいるのですが人脈がなく、グランヴィル宰相以外に頼る方を知らないものですから、お願いできないですか？」

「なるほど、確かに優秀な文官となると、捜すのは難しかろう。わかった。ボーダへ移ってくれる文官がいないか、他の貴族に声をかけてみよう」

本当は、情報漏洩を防ぐためにも、他の貴族のところから文官を引き抜くのは避けたいのだが、一般庶民の中から有能なものを探し当てるのは至難の業だからな。

「もし他の貴族達からいい返事がなかったら、王城にいる者に声をかけよう」

「そんなことしていいんですか？　陛下から怒られませんか？」

「なに、可愛い孫娘が世話になっているんだ。それぐらいはかまわん」

宰相はリリアーヌが絡むと少し人格が変わるな。リリアーヌに嫌われないように気をつけよう。宰相が怖いから。

食事が終わった俺達は、宰相に自分の邸に泊まるように勧められたが、それは全員、頑なに断らせてもらった。

グランヴィル宰相邸なんて豪華に決まってるし、ゆっくり休めるわけがないからな。

街の宿に泊まった俺とリンネ、リリアーヌ、アマンダ達『進撃の翼』の面々は翌日、王都ファルスを歩いていた。

　リリアーヌが甘味処（かんみどころ）に行きたいと言い出し、俺も冒険者ギルドに用事があったからだ。

　宿を出て歩いていると、リリアーヌが尋ねてくる。

「エクトは甘味処に行きませんの？　今日行くつもりの甘味処は、美味しすぎて頬（ほお）が落ちるほどですのよ。一緒に行くべきですわ」

「甘味処には興味があるけど、冒険者ギルドにも行かないといけないしね。そうだ、できることなら料理人にボーダに来てもらえるように勧誘してきてよ。そうすればいつでも食べられるからね。いい案だとは思わないかい？」

「そうですわ、その手がありました！　……忙しくなってきましたわ。リンネ、私と一緒に甘味処へ行きましょう。料理人ゲットですわ！」

　リリアーヌはハッとした表情になると、リンネを連れて甘味処ツアーに行ってしまった。

　それを見送ったアマンダが、俺の腕に自分の腕を絡めてくる。

「良かったのか？　私達は甘味処には興味なかったが」

「ああ、冒険者ギルドに依頼したいことがあったんだよ。リリアーヌも久しぶりに王都を楽しみたいと思っているだろうし、リンネも女の子だ。二人で遊んでくるのもいいだろう」

　俺の言葉に、オラムが頬を膨らませていた。

「僕も甘味処に行きたかったよー。甘いスイーツを食べたいよー！」

「リリアーヌが料理人を勧誘してくるはずだから、ボーダに甘味処ができたら、皆で行こうな。その時は腹いっぱい食べていいよ、オラム」

「エクト！　約束だよ！　約束！　わーい！」

機嫌が直って、大通りでピョンピョンと跳ねまわるオラムを落ち着かせてから、俺達は冒険者ギルドへ向かった。

扉を開けると、カウンターに美しい受付嬢が立っていた。

俺はまっすぐにそこへ向かって話しかける。

「依頼を出したいんだけど、この窓口でいいかな？」

「はい、どのような依頼でしょう？」

「俺は辺境に領土を持つエクト・グレンリード伯爵という者なんだが……うちの領地で学校の先生になってくれる人を募集したいんだ。ギルドの調べで身許（みもと）がきっちりしている者をお願いしたい」

ギルドが身許を保証するなら、変な人物は来ないだろう。

「学校の先生ですか。受付可能ですので、依頼票を作成いたします。他にはございませんか？」

「そうだな、回復魔法士を多く募集したいな。領地が未開発の森林の近くにあるせいで、怪我人が絶えなくてね。だから治療所を作りたいんだ」

「治療所で勤める回復魔法士ですね。依頼書を作成いたします」

今回のスタンピードでは怪我人が多く、ポーションでの治療が追いついていない部分がある。

そのため、回復魔法を使えたり、ポーションを作れたりする回復魔法士を募集するというわけだ。

まぁ、回復魔法士は引く手あまたの存在なので、どれだけ集まるかわからないけど。

そうだ、他にもあったか。

「後、鉱員を募集したい。三食と宿舎つき、特別報酬もアリだ」

「わかりました。鉱員でございますね。その条件なら人も集まるでしょう」

せっかくアブルケル連峰が正式に領地になったからな。ハイドワーフの皆とミスリルの件を教えるかはわからないが、鉱員がいればさらに開発できるだろう。

「そうだ、大事なことを伝えてなかった。面接会場は俺の領地、ボーダだ。少し遠いけど、そこまで来てくれるくらい真剣な人を募集したいんだよ」

俺の言葉で、受付嬢は納得したように頷いた。

「わかりました。募集項目に書き加えておきます」

受付嬢に依頼料を支払った俺達は、冒険者ギルドを出る。

そして事前に決めていた待ち合わせ場所でリンネとリリアーヌと合流すると、馬車に乗ってボーダへ向かって出発した。

ちなみに……料理人の勧誘は上手くいったようで、リリアーヌもリンネもテンションが高かった。

しかもいかに素晴らしい料理人だったか、スイーツの美味しさを交えながら話すものだから、スネるオラムを宥めるのが地味に大変だった。

そんなのんびりした雰囲気で旅は続き、城塞都市ボーダへは、何事もなく一ヵ月ほどで到着した。

ボーダは内側から第一、第二、第三の外壁に囲われていて、重厚な守りを誇る。この防壁のおかげで、スタンピードを乗り切ったのだ。

しかしこうやって改めて外から見てみると、かなり大きい都市になったよな。

街の広さや豪華さは全然勝てないけど、城壁の立派さなら王都にも負けてないと思う。

住民達の歓迎を受けながら街の中心地に進んだ俺達は、次の日からボーダの発展に力を尽くすため、その日は休むことにしたのだった。

第2話　舞踏会

ドラゴンの素材を運び終えて、王都から戻ってきて数週間が経った。

宰相に頼んでいた文官も到着し、学校の先生や回復魔法士、鉱員もやってきて、街はますます発展してきている。

まず学校については、内政長官であるイマールとリンネに手伝ってもらって大まかな仕組みを決めた。

字の読み書きを教える教室、算術を教える教室、農業を教える教室、狩りを教える教室、剣術を教える教室の、五つに分かれている。

ボーダの住人はそもそも、小さな辺境の村から集まった者達で、字を読み書きできる者が少ない。算術ができる者はもっと希少だ。

住人の教育水準を上げるためには、字の読み書きは基礎中の基礎だ。将来的には、文官になってもらえるかもしれない。

ちなみに学校に通う生徒は、子供から大人まで幅広く募集している。学びたい者は誰でも授業を受けられるようにした。

教員もそれぞれの担当に相応しい者を採用し、副担当や補助員も採用した。そして彼らをまとめる立場として、学校長や副学校長になる者も採用している。

第一外壁の内側、つまりボーダの中心部にあった空地に俺の土魔法で校舎を建築し、準備も完了したところで生徒を募集したのだが……子供から大人まで、多くの応募があった。

特に字の読み書きのクラスと算術のクラスが人気だったので、クラスの数を増やしたほうがいいかもしれないな。

学校が開かれるのはもう少し先だが、今から楽しみだ。

それから、あまり集まらないんじゃないかと危惧していた回復魔法士だが、なんと二十名も集まった。

ボーダがスタンピードを撃退したという評判を聞いてやってきた元冒険者も、何人かいた。

こちらも第一外壁の内側に治療所を建てて、代表者として所長を任命し、運営を任せている。

しかし、一気に色々な建物を建てたせいで、第一外壁の内側が手狭になってきた。

というわけで、元々第一外壁の内側にあった農耕地を、第二外壁と第三外壁の間の更地に移動することにした。

もちろん、街の中心部から外周部に農地を移動させられる住民から反対意見はあったが、新しい広い農地を与えることで納得してくれたようで、今では楽しそうに働いている。

それから鉱員達には、アブルケル連峰の麓で働いてもらっている。

俺が《地質調査》という、魔力が浸透する範囲でどんな成分の何があるかわかるという土魔法で確認したところ、鉄鉱石の鉱脈があったのだ。

ボーダではミスリルが手に入りやすいこともあって、鉄の人気は高くないのだが、ファルスフォード王国内では鉄の需要は高い。

鉄鉱石の鉱脈を発見したことはオルトビーンに王都へ転移して伝えてもらい、グランヴィル宰相から陛下に報告されている。近々、鉱脈の件で、また王都へ呼び出されることになるだろう……実は、ミスリルとアダマンタイトを含んだ鉱脈も発見していたが、そのことはまだ二人だけの秘密だ。

そんな重要な鉄鉱石を掘ってくれている鉱員達は、俺とオルトビーンが土魔法で作った、魔獣達に襲われないように高い外壁で四方を囲んだ村に住んでいる。

ボーダから直結の地下道もあるので、いざという時はボーダに戻ってくることもできるし、何かあればハイドワーフ族を頼るように、鉱員長のヘイゲルに説明してある。

ちなみに、労働条件についてはかなりホワイトにして、日が暮れる前には作業を終えて休んでいいと伝えたところ、驚きの声が上がっていた。

「こんなに休んでいいいんですかい？」

「これでいいんだよ！　無理はしないでくれ！」

夜に鉱山の中を掘るのは危険だし、体力を使う仕事である。頑強な体が資本なのだから、休める時に十分な休息を取ってもらうことを条件にしている。

それから、清潔を保つのと疲れをしっかりとってもらうために公衆浴場を作ったところ、瞬く間に人気となっていた。

そんなわけでボーダの人口も増えたので、イマールが人頭税を取ることを主張していたが……領地運営の資金には余裕がある。それに住人たちはスタンピードから立ち直ったばかりだし、まだ少し早いだろう。

そうそう、気がつけば、俺がボーダ村の領主になってから一年以上が過ぎていたっけ。

ここまで発展させるのは大変だったけど、まだまだ伸びしろはあると思っている。

俺はボーダの第三外壁の上に立って、隣にいるオルトビーンに話しかける。

「オルトビーン、色々と助けてくれてありがとう。ここまでボーダが大きくなったのはお前のおかげだよ」

これは心からの言葉だ。

オルトビーンがボーダに来て以来、俺一人ではどうにもならないことも、オルトビーンが助けてくれた。

オルトビーンは、アブルケル連峰を見ながら呟く。

「いや、エクトの実力さ。それに、未開発の森林もアブルケル連峰も、まだまだ宝の山が眠っている。これからますますボーダは発展するだろう……そうなれば、嫌でもエクトは目立つことになる。余計な争いに巻き込まれるかもしれない」

確かにオルトビーンの言う通りだ。もちろん、争いに巻き込まれたいわけでもない。

しかし城塞都市ボーダの開拓を止めるつもりはない。

辺境でも、これだけ住みやすい都市ができるんだということを証明したいのだ。

「エクト、これからが大変だよ。気軽に何でも相談してくれよ。特に中央の貴族達のことなんて詳しくないだろう？」

「ああ、オルトビーンを頼らせてもらうよ」

もうすぐアブルケル連峰に夕陽が沈む。大きな夕陽が俺とオルトビーンを赤く照らしていた。

オルトビーンと決意を新たにした翌日。

リリアーヌとリビングで紅茶を楽しんでいると、朝から王城へ向かっていたオルトビーンが戻ってきた。

「エクト、陛下とグランヴィル宰相がお呼びだよ。今から王城へ行こう」

オルトビーンは転移の魔法陣を使えるため、こうやって定期的に王城へ行って、宰相と連絡を取ってくれているのだ。

「え！　そんなに急に？　いったいどうしたんだ？」

「詳しい話は王城に着いてから」

驚いている俺を見て、オルトビーンがニッコリと笑う。絶対にオルトビーンは呼び出された理由内容を知っているはずだよな。

そんな中、リリアーヌが紅茶をテーブルの上に置いて、俺をじっと見上げてきた。

「私もおじい様にお会いしたいですし、同行させていただきますわ」

その言葉に、オルトビーンがリリアーヌを見る。

「リリアーヌが同行してもいいと思うよ。そのほうが宰相の機嫌もいいし」

そうして今回、王城へ向かうのは、俺、オルトビーン、リリアーヌの三人になった。

オルトビーンは庭に出て大きな魔法陣を描くと、俺とリリアーヌにその中央に立つように促す。

オルトビーンの詠唱と共に、魔法陣が輝き始めた。

あまりの眩しさに目をつむる。次に目を開けると、王城の庭に立っていた。

「それじゃあ、まずはグランヴィル宰相の執務室へ行こうか」

オルトビーンが先頭に立って、王城の廊下を歩く。近衛兵達はオルトビーンを見ると姿勢を正して敬礼していた。さすがは宮廷魔術師だな。

執務室の前に着き、リリアーヌがノックをすると、中から「入ってよし」という声が聞こえた。

リリアーヌを先頭にして俺達が入室すると、グランヴィル宰相は椅子から立ち上がって、リリアーヌを抱きしめた。

「おじい様、お久しぶりです。今回はオルトビーンに連れてきてもらいましたの」

「リリアーヌ、顔を見たかったぞ。私に顔を見せておくれ」

グランヴィル宰相は、両手をリリアーヌの頬にそっとあてる。

「恥ずかしいですわ。もう子供ではないのですのよ?」

「私からすれば、いつまでもリリアーヌは子供だ」

「おじい様の意地悪」

リリアーヌはグランヴィル宰相の手から抜け出して、俺の横に来ると、俺に腕を絡めてきた。

それを見たグランヴィル宰相は苦笑を浮かべている。

「陛下は既にお待ちだ。謁見の間に案内しよう」

「わかりました」

「三人共、私の後についてくるように」

グランヴィル宰相に続いて、俺、オルトビーン、リリアーヌの三人も執務室を出る。

いつものように、謁見の間に入る前に近衛兵に武具を預けてから中に入った。

玉座には既にエルランド陛下が座っていた。

俺とリリアーヌの二人は、謁見の間へ入り、玉座から二十メートル離れた位置で膝をついて頭を下げる。

グランヴィル宰相とオルトビーンは玉座の横に立った。

「二人とも面をあげよ」

顔を上げれば、下はニッコリと笑っていた。

「エクトよ。オルトビーンからの報告によれば、アブルケル連峰で鉄鉱石の鉱脈を発見したそうだが……誠か？」

「事実でございます」

「そうか。我が王国では近年、鉄が不足気味でな。よくぞ発見してくれた。褒めてつかわす」

「ありがたきお言葉」

エルランド陛下は満足そうに大きく頷く。

「エクトよ、今日は王城で、我が主催した舞踏会が開催される。せっかく王城に来たのだ。舞踏会に出席するように」

え！　そんなこと聞いていませんけど？

エルランド陛下は優しい目でリリアーヌを見る。

「リリアーヌも参加するのであろう？」

「もちろんですわ！」

そう言って微笑むリリアーヌに、陛下は納得したように頷く。

「ふむ、舞踏会が初めてのエクトの補佐をしに来たというわけか。リリアーヌは機転が利くな」

まさかリリアーヌは、今日の舞踏会のことを知っていたのか！

ということは多分、オルトビーンも知っていたよな……俺だけが知らされていなかったのか。

まあ確かに、事前に舞踏会があることを知らされていたら、理由をつけて今日は王城に来てなかったかもしれない。オルトビーンとリリアーヌに謀られたな。

そう俺が察したのがわかったのか、エルランド陛下は面白そうにクスクスと笑っている。

「エクトよ。これでお主は逃げられないぞ。今日がエクト伯爵の社交界デビューだ。大いに楽しむがよい」

冗談じゃないぞ。俺はダンスなんて踊れないからな！

一応、辺境伯家で成人するまでに教わったりはしていたが……苦手なのだ。

リリアーヌは俺を見てニッコリと笑う。

「ダンスの心配はありませんわ。私がリードいたしますから。エクトは私に任せていればいいのです」

オルトビーンが悪戯っ子のような笑みを浮かべる。

「服は用意してあるから、心配する必要はないよ。寝ている間に体の寸法を測っておいたからね」

グランヴィル宰相が穏やかに微笑む。

「エクト伯爵、今日はリリアーヌを頼むよ。しっかりとエスコートするように」

駄目だ、もう逃げられそうにない。

「全て私にお任せくださいまし」

リリアーヌは俺を見て、満面の笑みになるのだった。

謁見の間を後にした俺は、貴賓室（きひんしつ）へ案内された。

俺と一緒に貴賓室に入ってきたオルトビーンはソファーに座って紅茶を飲んでいる。

「エクト、騙したのは悪かったよ。陛下にエクトを舞踏会に呼べと命令されてね。大抜擢で伯爵になったエクトを、他の貴族に紹介する必要もあるんだろう」

「俺みたいなダンスも踊れない男が舞踏会に出席してもいいことなんかないじゃないか。俺は辺境の田舎者だぞ」

「そう言って断ると思ったから、隠すしかなかったんだよ。怒っているならゴメンよ」

オルトビーンはペコリと頭を下げてから顔を上げると、ニッコリと微笑んだ。

「それに、リリアーヌは今夜の舞踏会のことを知っていたからね。エクトと一緒に参加したかったんだと思うよ。エクトにエスコートしてほしくて」

「エスコートしてくれる相手なら、いくらでもいるじゃないか。それこそオルトビーンでもよかっただろう」

「エクトはわかっていないな。今日みたいに陛下の主催の舞踏会となれば、エスコートの相手っていうのは、自分の婚約者や恋人を意味するんだよ」

え、そうなのか？　そりゃあ、パートナーとして舞踏会に参加するんだから、適当な相手はダメだろうけど……リリアーヌはそこまで考えているんだろうか？

「エクトはリリアーヌのこと好きじゃないのかい？」

「リリアーヌは仲間だ。嫌いなわけないじゃないか！」

「そういう意味じゃないよ……やれやれ、エクトがここまで鈍感だと、リリアーヌも苦労するね」

あれ？　何気にディスられた？

「もう舞踏会に出席することは決まっている。覚悟を決めて、この部屋でゆっくりと時間を待とう」

オルトビーンのそんな言葉に、俺はゆっくりとソファーに座り、紅茶を一口飲んだ。

それからしばらく待って、俺とオルトビーンが着替え終えたところで、リリアーヌがノックと共に部屋に入ってきた。

金髪をカールにして、化粧をしたリリアーヌはいつもよりも艶めかしい。

胸と背中が大きく開かれた、薄ピンク色のドレスがとても似合っている。胸元はちょっと開きすぎな気もするけど。

俺は素直に褒めることにする。

「リリアーヌ、似合っているよ」

「当然ですわ。私は舞踏会が大好きですもの。今日はしっかりとエスコートしてくださいまし……期待してますわよ？」

これは変なことをして失敗なんてできないな。

「わかったよ、任せてくれ」

俺が左腕を肘の高さまであげると、リリアーヌが腕を絡めてきた。そして二人で貴賓室を出て、舞踏会場まで歩いていった。

オルトビーンは俺達の後ろをノンビリと歩いてくる。

舞踏会場へ入場すると、既にダンスを踊っている者達もいた。

リリアーヌが目を潤ませて、熱い眼差しで俺を見る。

「私をダンスに誘ってはくださらないの？」

「俺がダンスを苦手なこと、リリアーヌも知っているじゃないか！」

「そんなの構いませんわ。きちんと誘ってくださいませ」

しょうがない、腹をくくろう。

俺は右手を出して、リリアーヌを見て微笑む。

「美しいお嬢様、私とダンスを踊っていただけませんか？」

「喜んで！」

リリアーヌのリードで、俺達のダンスが始まる。

「余分な体の力を抜いて、私の視線を追って踊るのです。そうすれば私がどうしたいかわかりますわ」

なるほど、アイコンタクトか。俺は言われるがままにリリアーヌと視線を合わせ、流れに乗って身体を動かす。

少しは余裕が出て、周りの様子が見えてきた。

オルトビーンがどこかの令嬢と楽しそうにダンスをしているが、彼のダンスは洗練されていて、とても美しかった。

一曲が終わって壁際に戻ろうとすると、リリアーヌが頬を艶めかしくピンク色に染めて、顔を寄せてきた。

　そしてそのまま、小さく囁く。

「もう一曲お願いしたいですわ。よろしいでしょう？」

「仕方がないな。もう一曲だけだよ」

　再びダンスを始めると、リリアーヌの瞳が潤んでいるのに気付いた。

「こうしてエクトとダンスを踊ることが私の夢でしたの。夢が叶って嬉しいですわ」

「こんな俺とダンスするのが夢なんて、リリアーヌは変わっているな」

「そうですわ。私は変わり者ですもの。ですから変わり者が好きなのですわ」

　そう言って、リリアーヌはにこりと微笑む。

「それに、私とダンスを踊っている間は、他の貴族の方々から声をかけられることもありませんわよ」

　なるほど、だからリリアーヌは俺をダンスに誘ってくれているのか。

　それから結局、四曲も踊ってしまい、疲れた俺は壁際に移動してワインを飲むことにした。

　そういえば、さっきまで令嬢達に視線を向けられていた気がするが、すっかり消えたな。少しは話をしたかったんだけど……

　そう思ってきょろきょろしていると、ボーダの隣領の領主であるアドバンス子爵が、ワインを持って微笑みながらやってきた。

「もう踊らないのかい？」

「ええ、残念なことに、令嬢の皆様に避けられているようでして」

まぁ、実際のところは別に残念でもないんだけどね。

すると、アドバンス子爵は当然だと言いたげに頷いた。

「それはそうだろう。ダンスを四回も踊るというのは、私達は深い仲だって公言しているようなものだからね。他の令嬢達も遠慮するさ」

え！　そういうことだったの？

まさかオルトビーンが言っていたみたいに、リリアーヌは俺のことをそういう風に意識しているってことなのか……？

そう考え込みかけたところで、アドバンス子爵はいきなり真剣な顔になって、ワインをグイっと飲む。

「ところでエクト……アブルケル連峰で鉄の鉱脈を発見したらしいね。もう採掘は始めているのかい？」

「はい。計画を立て、少しずつ始めています」

鉱員の数が少なく、本格稼働に時間がかかっているだけなんだけどね。

「そうか。私の領土でも鉄の需要がある。商会を通さず、直接、エクトと取引したい。便宜(べんぎ)を図ってくれないか？」

「ええ、アドバンス子爵には以前に後見人になってもらっていましたからね。ボーダと直接取引できるようにしておきますよ」

「助かる。エクトが鉄の鉱脈を発見したことは既に他の貴族達も知るところだ。彼らからの接触もあると思うが、気をつけることだ」

アドバンス子爵はそう言って、去っていった。

確かに王国内での鉄の需要は高いからな、誰がどんな手を使ってくるかわからない。警戒するに越したことはないな。

ふとリリアーヌはどこだろうかと見回すと、多くの男性陣からダンスの誘いを受けているところだった。あの男達は、リリアーヌが俺と踊っていたことに気付いてなかったんだろう。

リリアーヌの人気はスゴイな。

しかしどうやら、全ての誘いを断っているようだ。

すると、リリアーヌはこちらに気付いたのか、助けてほしいと視線で訴えてきた。

俺は壁際からリリアーヌの所へ移動して、さりげなく右手を差し出す。

「美しいお嬢様、私と一曲踊っていただけませんか」

リリアーヌはとても安堵したような、嬉しそうな顔で微笑んだ。

「喜んで、お願いいたしますわ」

俺達は舞踏会が終わるまで、ダンスをしながら二人の時間を楽しんだのだった。

第3話　城塞都市ボーダの発展

俺、リリアーヌ、オルトビーンの三人が転移魔法陣で王都からボーダに戻って三日が経った。

その日、俺がリビングで休憩していると、ダンジョン探索から戻ってきた『進撃の翼』の五人が、俺の邸にやってきた。

彼女達は先日王都から戻ってきて以来、スタンピード以降封鎖されていたダンジョンの調査に向かっていたのだ。

「おーい。エクト、ダンジョンから戻ってきたぞ。露天風呂(ろてんぶろ)に入らせてくれ」

その声に玄関先まで向かって姿を見ると、五人共すっかりドロドロだった。

「やあ、お帰り。今回は長い遠征だったな。それにドロドロだ」

「ああ、今回はかなり進んだぞ。冒険者の中では最速だ……と、とにかく話は後だ。露天風呂を借りるぞ」

アマンダはそう言って、他のメンバーと一緒に脱衣所へ向かっていった。

しばらく待っていると、さっぱりした様子で五人が戻ってきた。

体が火照(ほて)っているのか、顔から首元までピンク色に染めている。なかなか艶めかしい。

アマンダがジト目を向けてきたので、俺は話を促す。

「それで、ダンジョンの様子はどうだ？」

「エクトと一緒に潜った時と比べると、大きく変わっていたな。高ランクの魔獣が出るようになったのは三十階層になってからだが、まだドラゴン種とは出会っていない。低階層に異常に強い魔獣が出ることもなかったし、普通のダンジョンに戻ったみたいだ」

俺達がスタンピードの前に調査に向かった時は、十七階層でドラゴンがいたんだよな。

なるほど、やっぱり前はかなり異常だったんだな。

これなら大怪我を追う冒険者達も少なくて済みそうだ。

俺が安心していると、アマンダが言葉を続ける。

「それで砂漠の階層まで行ったんだけど、サンドワームが多いしアリジゴクの魔獣も砂に隠れてるしで厄介でね。食料も水も尽きたから、急いで戻ってきた、ってわけさ。あの階層を踏破(とうは)するには準備が足りなかった」

なかなかハードなダンジョン生活をしていたみたいだな。

「冒険者ギルドの冒険者達はどうしてる？」

「ああ、ダンジョンの中で無理のない範囲で、魔獣を狩って小銭稼ぎをしているよ……普通に他のダンジョンでもよくあるような難度だ、エクトが特別気に掛ける気にすることじゃないさ」

確かに俺は気にし過ぎているかもしれない。

しかし、あのダンジョンはスタンピードを起こしている。

いつどんな異変が起来てもおかしくないし、油断は禁物だ。

今のところ、何の問題もなさそうだけど。

アマンダはわざわざ俺の隣に座りなおして、体を寄せてくる。優しくて甘い香りが漂う。

「まぁ、ダンジョンについてはそんなところだな……ところでせっかく久しぶりに戻ってきたし、最近評判になっているっていう甘味処へ行ってみたいぞ。エクト、案内してくれないか」

アマンダ達も女の子だな。やはり甘いモノには目がないような。

「フフフ、それでしたら、私に任せてください」

そんな笑い声と共に、仕事が一段落したらしきリリアーヌがリビングに入ってきた。

「ボーダで一番の甘味処を紹介いたしますわ」

「いいのか？」

アマンダ達はそれを聞いて大喜びだ。

「俺も甘いモノは好きなんだ。皆が一緒に行くなら、俺もついていくよ」

リリアーヌの背後にいたオルトビーンが、おっとりした調子でにっこりと笑う。

「よし、それなら全員で行くか！」

俺の言葉に、全員が完成を上げる。

そうして俺、リリアーヌ、オルトビーン、『進撃の翼』の合計八人で、邸を出てボーダの街へと繰り出した。

リリアーヌを先頭に歩いていると、後ろの方からオラムが俺の隣に走ってきた。

「今日はエクトの奢りでいいよね。というか、エクトに奢ってほしいな」

「おいおい、『進撃の翼』も相当魔石を手に入れてるだろうし、金だって溜め込んでいるだろう。俺が奢らないといけないのか？」

魔石とは魔獣の体内にある力の源のようなもので、冒険者はこの魔石や魔獣の素材をとって冒険者ギルドに売ることで生計を立てている。

「女の子が頼んでるんだよ。そこは奢ってやるぞって言うところ！」

オラムは頬を膨らませている。

まぁ、資金に困っているわけでもない。甘味処の支払いぐらい、俺が持ってもいいだろう。

甘味処に到着すると、評判通り大繁盛していて、列に並ばなければならなかった。

リリアーヌが家紋の入った短剣を取り出して店員に見せようとするが、俺は無言で止めた。

ここは王都ファルスではなくボーダだ。宰相閣下のことを知る者も少ない……というかいない。

いや、この店の人とか、王都から移ってきた人達は知っているかもしれないけど。

ともかく、そうやって権力を使うのはやめたいんだよな。住民からの信頼がなくなっちゃうかもしれないし。

俺達は静かに待って入店する。

店内には大テーブルがあったので、そこに案内された。

すぐに店員が持ってきたメニューに目を通すと、中でも目を引いたのは、季節限定ウルトラジャンボパフェというものだった。

しかも、時間内に食べられた方には賞品が贈られる。

俺は苺タルトと紅茶を、オルトビーンはアップルパイと紅茶、リリアーヌは果実のクレープとチーズケーキと紅茶を頼んだ。

そして『進撃の翼』の五人はといえば、全員がウルトラジャンボパフェに挑戦した。

注文を聞き終わった店員は目を丸くすると、慌てて厨房へ入っていった。

待つことしばし、店員がワゴンで料理とドリンクを運んできてくれる。

『進撃の翼』の五人の前には、文字通りウルトラジャンボなパフェが置かれた。

俺の頭くらいのサイズがあるんだけど……本当に食べきれるのか？

そんな俺の心配をよそに、『進撃の翼』の五人はさっそくパフェに手を着ける。スプーンですくって口に入れる度に、「美味しい」「冷たーい」「癖になるー」と大はしゃぎだ。

そしてあっという間にぜんぶ平らげてしまった。ノーラなど、同じものをおかわりしている。

それを見た俺達全員は腹を抱えて笑った。ノーラは恥ずかしそうにしていたが、甘いモノが大好きらしい。

賞品はといえば、この店の割引券だった。

手に入れたのは彼女達だし、ということで割引券を渡すと、アマンダ達五人はとても嬉しそうに微笑んだ。

そしてアマンダが俺の腕に自分の腕を絡めてくる。

「今日はとても美味しかった。また連れて来てくれると嬉しいな……私と二人だけでも良いぞ」

するとリリアーヌが横から口を挟んできた。

「あらアマンダ、私はこのボーダの甘味処を知り尽くしていますから、次は他の店を紹介しますわ……抜け駆けはいけませんわよ」

抜け駆け？　ああ、自分抜きで美味しい店に行ったら許さないってことかな？

まぁいずれにしても、俺は美味しい店がわからないからな。

「わかった。それじゃあ、今度三人で食べに行こう！」

俺がそう言うと、リリアーヌもアマンダも、可哀そうなものを見る目で、深いため息をついていた。

「エクトなら、そういう答えが返ってくると思っていましたわ」

「私もそれほど期待はしていなかったからな」

あれ？　俺って何か変なことを言ったかな？

悩んでいる俺を見て、リリアーヌとアマンダはお腹を抱えて笑っていた。

翌朝、リビングへ行くと既にオルトビーンとリリアーヌが座っていた。だがリンネの姿が見えない。

昨日は時間帯的に内政庁——ボーダの行政機関に行っていたから一緒に甘味処に行けなかったけど……この時間にいないのは珍しいな。

「リンネは？」

「朝早くから内政庁へ行きましたわ」

宰相の紹介で人材も増えて、リンネから内政長官のイマールへの引継ぎも終わっているから、リンネが内政庁に行く用事はほとんどないと思うんだけどな。

ちなみに俺は、すっかり内政庁にはご無沙汰(ぶさた)だ。

久々に様子を見に行こうかな。

内政庁の建物に入ると、内政長官の椅子に座ってイマールが忙しそうに仕事をしていた。

リンネはイマールの補助をしているみたいだ。

俺に気付いたリンネは、柔らかい微笑みを浮かべて駆け寄ってきた。

「エクト様が内政庁に来るなんて珍しいですね。何か急ぎの用ですか？」

「いや。リンネが朝から内政庁に行っていると聞いたから、何をしているのか気になって、様子を見に来たんだ」

「そうだったんですか。実は、面接で受からなかった方々も、そのままボーダに住みたいという方が多くて……その方々に仕事を斡旋(あっせん)したり、住居へ案内する手続きをしたりしていたんです」

へぇ、そんなに多かったのか。それは意外だったな。

「まだ、五階建ての建物は空き部屋があっただろう？　そこへ入居してもらうのか？」

「はい。そのように対処していますが、段々と住居の空きがなくなってきている状態です。エクト様にお願いして、また住居を作っていただくことを考えていました」

「そんなに住人が増えているとは知らなかったな」

移住先を探しに来た人が多いのかな？

今でも王都から面接に来る者はいるし、このままだと住居の空き部屋はすぐに埋まるだろう。

また新しく住居を作る必要があるな。

俺はリンネの肩をポンポンと叩く。

「それじゃあ、今すぐ住居を作ってくるよ」

「ありがとうございます！　私も一緒に行っていいですか？　内政庁の中での仕事は終わったので」

「わかった。一緒に行こうか」

イマールをちらりと見るが問題ないようなので、リンネと一緒に内政庁を出る。

第一外壁の内側は、主要な建物と住居で埋まってきている。

第二外壁と第三外壁の間にある大型の農耕地のうち、現在は持ち主がいない部分に新たに建物を作ることにした。

目的地に着いた俺は、リンネの指示のもと、三階建ての３ＬＤＫの建物を三棟と五階建ての２ＬＤＫの長屋を二棟作る。

もともとある家の方が狭くなってしまったので、希望者にはそちらから移ってもらって、余った部屋や空いた部屋に新しい入居者に入ってもらおう。

しかし、随分と土地が少なくなってきたな。

あと少しで、残しておいた空地や農耕地予定地も埋まってしまうだろう。

それから俺達は、視察ついでに学校に顔を出してみた。

俺が突然登場したことで、学校長と副学校長は緊張していた。

そんな二人に案内されて構内を回っていたのだが、授業を受けている生徒達は全く気付いた様子もなかった。

やはり読み書き教室は人気で、子供から大人まで授業を受けている。教室は満員で、立ち見の生徒達もいるほどだ。

それを見て、俺は校長に問いかける。

「ちょっと教室が狭かったんじゃないか？　生徒達全員が座れていない」

「教室自体は大きいのですが、それ以上に授業を受ける生徒達が多くなってしまっているんですよ」

「学校の教室を増改築しないといけないな。その時は俺を呼んでくれ」

「ありがとうございます。助かります」

俺とリンネは他の教室も回った。

次に人気があったのは算術の教室だ。やはり子供から大人まで授業を受けているので、教室は満員状態だ。これでは授業を受ける生徒達も大変だろう。

農業、狩り、剣術の授業は屋外で行なわれていた。

しかし、授業風景は完全にただの農作業だな。

生徒達は鍬(くわ)で畑を耕(たがや)して、均等に種を蒔(ま)いて、水をやっている。のどかな風景が広がっていた。

ふと、疑問に思ったことを聞いてみる。

「農業なんて親の仕事を見て覚えるものじゃないのか？　それにしては素人っぽい動きの人が多いようだけど」

ボーダや、ボーダが併合した他の村は、元々は農家中心の村々だ。よって、主に農家の跡継ぎなどが授業を受けているはずなんだが……

「ボーダには広大な農耕地がありますから、新規参入したい農家希望の人達も多いんです。ここで授業を受けている人達はそういう人達です」

なるほど、確かにこれだけ沢山の人が移住してきたなら、新たに農業に挑戦する人達も出てくるか。

狩りを教えているエリアに向かうと、弓の練習をしていた。皆楽しそうに授業を受けている。

聞けば、狩りの際の動き方なども教えているようで、狩人の息子達や子供達が多いそうだ。

未開発の森林へ入って実地訓練もするつもりだというが……大丈夫だろうか。まぁ、狩人部隊のサポートもあるというし、大丈夫か。

最後に剣術教室を見に行った。

ちょうど、訓練用の模擬剣での素振り千回をしているところだった。

模擬剣といっても、刃を潰した鉄剣なのでそれなりに重いはずだ。素振り千回もすれば手の平はマメだらけだろう。

農業、狩り、剣術の授業は雨の日には中止になるという。野外で授業をしているのだから当然といえば当然か。

そういえば、騎馬の授業とかは作ってなかったな。

うーん、最後に乗馬したのはかなり昔だし、個人的に騎馬の授業を受けたいんだが……まぁ、ボーダは立地的に騎兵が不要なので、馬をあまり飼ってないんだよな。となると、騎馬の授業は難しいか。

学校長と別れて自宅に戻る途中、考え込んでいた俺を見て、リンネが不安そうに尋ねてくる。

「どうでしたか？」

「ああ。まずは読み書き教室と算術教室の増改築が優先事項だね。今度、生徒達が帰った後に、教室の増改築をしよう」

「わかりました。生徒達も喜ぶでしょう」

「あと、思ったんだけど、狩り教室と剣術教室を合併させたほうがいいんじゃないか。そのほうが弓も剣も使えるようになるし。ここで学んだ狩人は、そのまま周囲の森に入ることになるだろう？魔獣を相手にすることになるんだし、弓矢だけでは危険が多いからね」

「そうですね、学校長に言っておきます。他にはないですか？」

うーん、本当なら商業を習う教室も欲しいし、文官を育てる教室も欲しい。

しかし、ここで授業を受けているのは一般庶民だ。そこまで希望するのは少しやりすぎだろうか。

相変わらず悩んでいる俺に、リンネが微笑みかける。

「必要な教科があれば、これから増やしていけばいいと思います……それにしても、今日はエクト様と一緒に学校見学ができて、嬉しかったです」

「ああ、そういえばリンネと二人で一緒にいることが少なくなっていたからね。これからも時々、学校見学や色々な所を案内してくれ」

「はい、わかりました！」

リンネは満面の笑みだ。

「そういだ、リンネはこの後どうするんだ？　内政庁に戻るのか？」

「いえ、今日はもう戻る予定はないですね」

そうか、だったら……

「昨日、リリアーヌから美味しい甘味処を教えてもらったんだ。今から一緒に行かないか？」

「嬉しいです！　喜んで！」

やはり女の子は甘いモノが好きらしい。俺とリンネは手を繋いだまま、甘味処へと向かった。

翌週、俺はオルトビーンと二人で、アブルケル連峰の麓にある鉱員達の村へ訪れていた。

鉱員は順調に数を増やしており、事前に内政庁に確認したところ、八十人ほどになっているという。

となると住処も足りていないのでは、ということで視察ついでにやってきたのだ。

ただ、鉱員達は全員仕事に出て、村には誰もいなかった。

というわけで、今のうちに村を囲う壁を《土移動》移動させて村の敷地面積を増やし、三階建ての長屋を二棟建てておいた。

それから作業場に向かうと、鉱員達がミスリルのツルハシで坑道を掘っていた。

「作業は順調かい？」

「おお、エクト様、ここの鉱脈は、良い鉄鉱石が沢山掘れます。ミスリルのツルハシですので、とても軽くて丈夫で使いやすい」

鉱員長のヘイゲルが嬉しそうに答えてくれた。

「まだ誰も手を着けていない鉱脈というのは気持ちがいいですな」

そう言ってヘイゲルは笑う。まるでガキ大将のような笑顔だ。

「それでエクト様。今日はどうしたんですかい？」

「人も増えたって話だったから、少し様子見にね。そうそう、村の方は敷地を大きくして、長屋を建てて部屋を多くしておいたよ」

「それは助かります。人数が多くなって部屋数が少なくなっていたところでさ」

やはり部屋数が足りなくなっていたか。今日は視察に来てよかったな。

「何か不都合があったら、いつでもボーダに来てくれ。内政庁に言えば、だいたいのことは調整してくれるはずだから」

「それはありがてーです。風呂もあるし、これで酒があれば最高なんですけどねー」

やはり鉱員の男性達は酒好きが多いか。ハイドワーフ族に通じるものを感じるな。

「わかった。今度視察に来た時に酒も持ってくるよ」

「ありがてえ！」

それからヘイゲルに、坑道の中を案内してもらう。

落盤などの事故が起きないようにしっかりと作られており、鉱員達は元気いっぱいにツルハシを振るっている。

うん、いい感じだな。

「皆に絶対に無理はしないように言っておいてくれ。休憩もしっかりとるんだぞ」

「はい、ありがとうございます！」

オルトビーンが俺の肩をポンポンと叩く。

「さて、俺達はそろそろ行こうか」

「ああ、そうだな……ヘイゲル、それじゃあよろしくな」

俺達はヘイゲルと分かれて坑道から出た。

鉱員の皆の目がなくなったところで、オルトビーンが俺を見る。

「視察もいいけど、今日の目的を忘れられると困るよ」

「ゴメンゴメン、ちゃんと覚えてるよ。それじゃあ行こうか！」

そう、今日の目的は、鉱員の視察だけではない。

以前俺とオルトビーンが見つけた、ミスリルとアダマンタイトが含まれている鉱脈の採掘に来たのだ。

そもそもこのアブルケル連峰には、ハイドワーフという先住民がいる。

彼らはこの連峰の中で、ミスリルやアダマンタイトなどの鉱石を掘りながら、坑道の中で生活している。

そんな彼らがまだ見つけていない鉱脈を、俺とオルトビーンは見つけていたのだ。

俺達は《地質調査》で確認しつつ、崖を登っていく。

そしてすぐに、目的地に辿り着いた。

俺とオルトビーンはさっそく、土魔法の《採掘》を使って、掘り進めていく。

五メートル程採掘したところで、ミスリルの鉱石が出てきた。

そのまま奥へ奥へと採掘しながら進んでいくと、赤黒い石が出始めた。

これがアダマンタイトだ。

この拳大の大きさの鉱石だけでも、光金貨一枚の価値はある。

しかも《地質調査》によれば、この近辺にはまだあるようだ。

そこから再び採掘を進め——

四つのリュックにいっぱいアダマンタイトの鉱石を入れた俺とオルトビーンは、ハイタッチして坑道を後にするのだった。

坑道から出た俺達は、入口を土で塞いでおく。これで見つかることはないだろう。

それからボーダまで、地下通路を駆けて戻っていたのだが、途中で一度、地上に出る。

そしてしばらく歩き、小さな丘に近付いたところで、オルトビーンが大声を上げた。

「師匠ー、お土産(みやげ)です！」

すると地面が揺れて、丘が隆起した。

そこから現れたのは、グリーンドラゴン。

この土地のものには森神様と呼ばれる存在で、オルトビーンの師匠でもある。

〈ほう、土産とは鉱石か？　ありがたい〉

森神様は、鉱石を食糧としている。

そのため、森神様に縁のある者やハイドワーフは、彼に定期的に鉱石を捧(ささ)げているのだ。その代わりに、知恵を授けてもらったり、森の生態バランスを取ってもらったりしているんだとか。

オルトビーンは森神様の口元に寄ると、リュックから赤黒い鉱石を大量に出す。

〈むむ、これはアダマンタイトの鉱石ではないか。わしの一番の好物じゃ〉

「はい、リュック一つ分ですがお土産です」

〈オルトビーンよ！　でかした！　いただくぞ！〉

森神様は嬉しそうに声を上げると、アダマンタイト鉱石を咀嚼(そしゃく)する。

〈うむ、美味じゃ！〉

「気に入ってもらえて良かったです。時々、持ってきますね」

〈うむ。待っておるぞ！〉

俺とオルトビーンは森神様に挨拶(あいさつ)をして、その場を去るのだった。

ボーダに戻り、オルトビーンと別れた俺は、『進撃の翼』の邸に向かった。

玄関を開けると、たまたま玄関の前を通りかかったアマンダが、驚いた顔で俺を見てきた。

「エクトのほうから来るなんて珍しいじゃないか。今日は何の用だい？」

「今日は日頃のお礼に『進撃の翼』の武器を新調しようと思ってね」

「武器の新調？　ちょうど皆リビングに集まっているから来るといいよ」

リビングへ行くと『進撃の翼』の五人はそれぞれにリラックスしていた。そして俺を見て目を大きくしている。

「エクト！　どうしたの？」

「ああ、こいつで皆の武器を作ろうと思ってね。ドノバンとバーキンに会いに行くよ」

俺はリュックからアダマンタイトの鉱石を取り出すと、鉱石中に含まれたアダマンタイト以外の成分を、土魔法で除去する。

アダマンタイトの鉱石が、俺の手の中で光った。

「「「「アダマンタイト！」」」」

それを見た『進撃の翼』の五人は目を白黒させている。

「ああ。このリュックいっぱいに入っている。これで皆の武器を新調すれば、今よりも安全にダンジョンを探索できるよ」

そんな俺の言葉に、アマンダは眉間（みけん）に手を当てていた。

「……こんな貴重なものをいいのか？」

「いいよ。皆が強くなって、安全に戦えれば、それでいい」

オラムが嬉しそうに、両手の平を上に向けた。

「エクトはそうだよね！」

「よくわかってるじゃないか。とにかくドノバンとバーキンのところへ行こう」

俺がそう言って邸を出ると、『進撃の翼』の五人は慌ててついてくる。

ドノバンの工房に到着して中に入ると、ドノバンとバーキンが忙しそうに働いていた。

「なんじゃ。エクトではないか」

「エクトさん！　お久しぶりです！　いかがなさいましたか？」

俺に気付いたドノバンとバーキンが、作業の手を止めて近付いてきた。

「今日は『進撃の翼』の五人に武器を作ってもらいたいんだ……それで、鉱石はアダマンタイトを使ってもらいたくてね」

俺はそう言って、リュックの中から取り出したアダマンタイトをドノバンとバーキンに見せた。

「アダマンタイトだ！　初めて見ました！」

「ほう、アダマンタイト、それもこんなにあるのか」

バーキンは目を真ん丸にしている。

そうか、俺のアダマンタイトの剣はハイドワーフの洞窟でドノバンに作ってもらったものだから、バーキンは鉱石を見るのは初めてか。

一方でドノバンは、鉱石自体はよく目にしていたはずだが、その量に驚いている。

そしてリュックごと俺から取り上げると、さっそく作業台のある方に向かっていってしまった。

「ドノバン、待ってよ。俺も作業を手伝うよ！」

そんなドノバンの背に、慌ててバーキンも駆け寄った。

「バーキン、お前にはまだ早い。傍で見ておれ。見るのも経験じゃ」

「うん！」

アマンダを見ると、息を吐いて呆れ顔をしている。

「まったく、どんな武器にするかも聞いてないってのにせっかちだね」

アマンダ達がドノバンに武器の説明をするために近寄っていくのを見ながら、俺は苦笑するのだった。


数日後、バーキンが武器ができたことを報告にきたので、さっそく俺は『進撃の翼』の五人と共に工房を訪れた。

「うむ、なかなかいい出来だぞ」

「はい！　ですが今までの鉱石の中で、一番手強かったですね」

ドノバンは満面の笑みで、『進撃の翼』の五人の武具を一人一人に手渡していく。

アマンダは両手剣、ノーラは槍、オラムは短剣二本、セファーは細剣、ドリーンは杖だ。

『進撃の翼』はそれぞれに武器を持って、嬉しそうに俺を見る。

「これで全員、アダマンタイトの武器になったね。ノーラの大楯だけは量がなくてつくれなかったんだ、ゴメン」

さすがに彼女の普段使っている盾と同じだけの領の鉱石はなかったからな。

しかしノーラは首を大きく横に振る。

「そんなことはいいだ。むしろ、こんなに素晴らしい槍をもらえて申し訳ないだ」

「日頃、お世話になっているお礼だ。受け取ってくれ」

アマンダもオラムも上機嫌だ。

「こんなに良いプレゼントをもらったのは初めてだ。大事に使わせてもらう」

「僕も大事に使うね。エヘへ、エクトからプレゼントをもらっちゃった」

皆がとても喜んでいるので、俺も嬉しくなってにっこりと微笑んだ。

第4話　アドバンス子爵の突然の来訪

アドバンス子爵のものと思われる馬車が、騎兵百名と一緒に城塞都市ボーダへ向かってきた。

物見の塔から報告を受け、俺の邸にやってきたエドが緊張した面持ちでそう告げてきた。

「もうすぐ第三外壁に到着いたしますが、いかがいたしましょう？」

アドバンス子爵は、俺が男爵になった時の後見人だ。

鉄鉱石の取引については、以前の舞踏会の際に便宜を図る旨は伝えているから、その話だろうか？

だが、なぜ騎兵を連れているのだろうか？

エドが姿勢を正して真剣な顔で俺の命令を待っている。

「大砲の用意をいたしますか？」

「いや、現時点では敵と決まったわけではないからな……」

アドバンス子爵には何か思惑があるに違いない。

それを確認しないことには動けないだろう。

「第三外壁は通して構わない。とりあえず、第二外壁の大門で応対しよう。ボーダ警備隊と狩人部隊は、念のため第二外壁の上で大砲の備えを進めてくれ」

「はい、そのように手配します」

エドが去ってから、俺はリリアーヌを呼び、事情を説明する。

そして二人で第二外壁までまっすぐに向かった。

俺が第二外壁の大門に到着したのと同じタイミングで、門が開く。

その向こうには馬車が止まっており、ちょうどアドバンス子爵が降りてきたところだった。

「こんな立派な外壁の上から大量の兵士に睨（にら）まれていると思うと、生きた心地がしないな……それと、大砲だったか？　スタンピードを乗り越えた新兵器もあるのだろう？」

さすがに大砲の情報も手に入れているか。

俺は笑みを浮かべて、子爵に話しかける。

「アドバンス子爵、ボーダまで来てくださりありがとうございます。しかし騎兵隊百名を連れてとは物々しいですね」

「ああ、これか。ビックリしただろう？　王城で言っただろう。俺はエクトと商談をするために、取引の品物を持ってきただけだ」

そういえば王城での舞踏会の時に俺と商談をしたいと言っていたな。

「取引の品物？」

「そう、今からでもすぐに戦場に持ち込める、訓練済みの馬が百頭だ」

「馬だけでなく、騎兵もいるようですが」

「ああ、馬百頭を兵士数名で連れてくることはできないからな……それにアドバンス子爵家が誇る騎兵隊も見てほしかったし」

これは後半が主な理由だろう。

わざわざ騎兵隊を見てほしさに、ここまで連れてきたのか。

確かにアドバンス子爵家の領土は平地が多いから、騎兵は大活躍しているだろうけど。

「どうだ、騎兵隊百名も待機させれば壮麗だろう」

得意げなアドバンス子爵に、俺は苦笑を浮かべる。

とにかく、敵でも脅威でもなさそうだ。

アドバンス子爵とは俺の邸で商談することにしようか。

というわけで第二外壁の大門の近くに、即席の厩舎（きゅうしゃ）を土魔法で作る。馬が百頭入っても狭くない大きさの厩舎だ。

　それを見てアドバンス子爵が驚いている。

「土魔法とはこんなに便利だったのだな」

「使い方次第ですよ。さあ、馬を厩舎に繋いでください」

「ああ、わかった」

　アドバンス子爵の命令で、騎兵達が騎馬を厩舎に繋いでいく。

　リリアーヌはその姿を見て、俺の横で呟いた。

「しっかり訓練されていて素晴らしいですわね。おじい様が見れば何と言うかしら」

「騎兵隊は戦の花と呼ばれているからな。見事と言ってくれるに違いない」

　アドバンス子爵が胸を張って答える。

　確かに、かなり壮観だったからな。花と言われるのも納得だ。

　馬から降りた騎兵達の対応は警備隊に任せ、俺達は邸に移動する。

　リビングへ入ると、オルトビーンがゆったりとソファーに座っていた。

　アドバンス子爵は、彼を見て驚いた表情になる。

「おお、オルトビーンではないか。久しいな。まだボーダにいたのか？」

「ここの方が王都よりもゆっくりできるんでね。面白いことも多いし。しばらくはここにいるよ」

「丁度良い。オルトビーンも話し合いに参加してくれないか」

　アドバンス子爵がオルトビーンに頭を下げると、オルトビーンはゆっくりと首を縦に振った。

「ああ、問題ないよ。エクトもかまわないよね？」

「もちろんだよ」

「それでは話し合いと参りましょう」

一足先にソファーに座っていたリリアーヌに促され、俺とアドバンス子爵も座る。

ほどなくしてリンネが紅茶を運んできて、一息ついたところでアドバンス子爵が口を開いた。

「前に話していた通り、鉄鉱石の件でな。馬百頭と鉄鉱石で取引したい。我が領地の馬は優秀だ、悪い取引ではなかろう」

うーん、ここが未開発の森林に三方を囲まれた城塞都市じゃなくて平地だったら、良い取引かもしれないけど……

馬をもらっても、宝の持ち腐れなのだ。

そりゃ、ちょっとは馬に乗ってみたいとも思ったけれども。

俺が渋い顔をしていると、アドバンス子爵が身を乗り出してくる。

「騎兵隊は戦の花だぞ。馬に乗って戦場を駆け巡りたいとは思わないのか？」

「申し出は嬉しいのですが、このボーダでは馬を走らせる場所がありません。それにファルスフォード王国は、今は平安です。内乱の起こる可能性もない。馬を持っても宝の持ち腐れになるだけです。それでは馬があまりにも可哀そうです」

俺の言葉を聞いて、アドバンス子爵が困惑した様子を見せる。

はるばる自領から自慢の騎馬を百頭も連れて来たのに、取引材料にもならないとなれば、無理のない話だ。

「馬百頭でも取引には応じないというのか！　ではどうすればいい？」

「普通に貨幣で払っていただければいいですよ」

「それができるなら馬百頭も用意せんよ」

アドバンス子爵がため息をつく。

どこの領地も潤沢な資金があるわけではないということか。細かい事情を聞くのも恥をかかせるだけだしな。ここは黙っておこう。

アドバンス子爵は、さらに言葉を重ねる。

「庶民の暮らしにも、兵士達にも鉄が必要なのだ。なんとかならんか？」

「でしたら、すぐに現金を用意できずとも、支払額を明記した証文を用意できればそれでかまいませんよ。リリアーヌとオルトビーンもいますし、証人として署名してもらいましょう。それで騎馬百頭分の鉄鉱石をお渡しいたします」

俺の言葉に、リリアーヌとオルトビーンがニッコリと笑う。

「私が見届け人をするということは、おじい様が見届け人と思ってくださいませね」

「俺で良ければ見届け人になるよ」

そんな二人の言葉に、アドバンス子爵が安堵(あんど)の顔に変わる。

鉄鉱石を確保できたのだから、アドバンス子爵の面目も保てる。納得してくれたみたいで良かった。

アドバンス子爵は、頭を下げてきた。

「ありがとう。証文にサインする。皆、よろしく頼むよ」

それからリンネに紙を用意してもらって、四人でサインした。

「それでは借用書をお預かりしますね。鉄鉱石は後ほど、荷馬車でアドバンス子爵の領土までお届けします」

「エクト、本当にありがとう。返済は必ずする……そうだ、全く使わないということはないだろうから、馬を五頭、置いていこう。無茶を聞いてくれた礼と思ってくれ」

ひとしきり頭を下げたアドバンス子爵は、騎馬兵を連れて自分の領土へと帰っていった。


そんなアドバンス子爵との交渉から、数週間経ったある日。

邸でゆっくりと紅茶を飲んでいると、イマールとリンネが駆け足で玄関に入ってきた。二人とも顔が真っ青だ。

「どうしたんだ二人とも、そんなに慌てて入ってきて。何かあったのか？」

「国土特別税法が成立しました。領土を持っている貴族は、所有している私財と年間税収の五割を国に納めよと書かれています」

なんだって！　五割も税金を王国に納めてしまったら、生活もできなくなるぞ！

そしてそれは国力の低下に繋がり、隣国が侵攻してくるきっかけになるかもしれない。

オルトビーンを見ると、さすがに目を見開いている。

「そんな法案が通ったこと、俺は知らないよ。これから王城へ行って確かめてくる」

「オルトビーン、俺もついていく」

それなら俺も直接話を聞きたい。

俺の隣では、リリアーヌも怒っていた。

「おじい様がこんな法案を通すわけがないですわ。これは何かの間違いですわ」

オルトビーンが庭に急いで転移魔法陣を書いている。俺とリリアーヌは魔法陣の中央に立つ。

「リンネ、留守の間、よろしく頼む」

「あまり無茶をされませんように」

リンネは穏やかに微笑んで、深くお辞儀をした。

魔法陣が輝き始め、光に包まれ……俺達三人は王城へ転移した。

オルトビーンはグランヴィル宰相の執務室に向かうために王城の廊下を歩きながら、ぶつぶつと文句を言っている。

「宮廷魔導師の俺でさえ知らない法案を、誰が通したというんだ」

オルトビーンを先頭にして俺、リリアーヌの順で廊下を歩く。

グランヴィル宰相の執務室の前に着き、リリアーヌがノックをすると、執務室の中から「入れ」という言葉が聞こえた。

三人とも入室したところで、俺達はグランヴィル宰相に詰め寄った。

「これは何かな？　国土特別税って何なのさ？」

「『所有している私財と年間税収の五割を王国に税として納めよ』とはどういうことですか？　さすがに酷いんじゃないですか？」

オルトビーンに俺が言葉を続ければ、リリアーヌも目を潤ませてグランヴィル宰相に訴える。

「おじい様、おじい様が許可した法案ではありませんわよね。何か訳がおありなら、おっしゃってくださいまし」

するとグランヴィル宰相は深いため息をついて、俺達を見る。

「今回の法案を事前に止められなかったのは私の力不足だ。本当に申し訳ない。この法案は貴族審議会が通したものだ」

貴族審議会……たしか、名前は聞いたことがある。

オルトビーンが珍しく真剣な顔をしている。

「貴族審議会か……王都にいる貴族の半数以上が加盟している組織だね。そこで採決された法案は、貴族全体の総意として、グランヴィル宰相や陛下でも却下できない効力を持つんだ。本来は、ストッパー的な役割で、こうした法を通すことはあまりないんだけど……」

なるほど、陛下や宰相が暴走して国民に不利益を与えそうな時に抑える役目を持つ組織か。

まぁ、俺は辺境伯の三男坊だから、関わることもないだろうと教わってなかったんだな。

「地方の貴族は、よほどのことがない限り参加することはないからね。貴族審議会の内容を知らないのも無理ないさ」

「その貴族審議会が法案を通したというのか。何のために？」

オルトビーンの言葉に首を傾げた俺へ、グランヴィル宰相が厳しい顔で説明する。

「第一王子であるアンドレイ殿下が、隣国のミルデンブルク帝国に対抗するため、資金を王国に集中したほうがいいと提案されていてな。貴族審議会の議長のマルクプス公爵が審議にかけたのだ。そして多数決によって国土特別税法が成立したというわけだ」

「そんな法案が通ったら、国中の貴族達の力を削ぐだけじゃないですか。俺、貴族審議会に抗議に行ってきます」

なんで他の貴族は誰も反対しなかったんだ？

……王都に住んでいるから、私財の没収が軍事的な弱体化を招くという実感が薄いのだろうか？あるいはただ単に、全員がアンドレイ殿下やアルクプス公爵の派閥で、反対を唱えなかったとか？

だが、こんなことは絶対に納得できない。

そう決意する俺を、グランヴィル宰相はまっすぐに見つめてくる。

「一度決定したことは二度と覆らない。それこそ、私や陛下でもな。それでも抗議に行くか？」

「はい。納得できません。行ってきます」

「彼らに反対することで、今後の立場が悪くなるとしてもか？」

「はい。立場なんかよりも、領民の方が大事ですから」

俺はグランヴィル宰相の執務室を出て、近衛兵の案内で貴族審議会の議場に向かう。

近衛兵が扉を開けると、ゆったりとした声が届いた。

「おお、エクト伯爵。会いたいと思っておったのだ。そちらから来てくれたなら好都合というもの。

入るが良い」

議場に入って見回すと、議席には誰も座っておらず、議長の席に、髪の毛の半分以上が白髪になった、少し太めの男性が座っていた。どうやら彼一人のようだ。

「私はマルクプス公爵だ。貴族審議会の議長をしておる」

「私はエクト・グレンリード伯爵と申します。よろしくお願いいたします」

「して、今日は貴族審議会に何用かな？」

マルクプス公爵は鋭い視線で俺を見る。

「国土特別税の法案を取り下げていただきたい。納得できません」

「貴族審議会の決議に不服を申すのだな。これは正式に可決したものだ。決定には従ってもらいたい」

「お断りいたします。そもそも、これでは地方貴族の力を削ぐだけ。隣国に備えるという目的と、正反対の結果を生みかねません」

そんな俺の言葉に、マルクプス公爵は小太りな腹を手で撫(な)でて、何か考えているようだ。

そうしてしばらく考え込んでから、ゆっくりと話始める。

「エクト伯爵に言っておきたいことがある。以前にも若い伯爵が貴族審議会の決議に不服を申したことがあってな。しかし偶然にも、その伯爵はすぐに流行病(はやりやまい)に倒れ、弟君が伯爵家を継承することになったのだ……そのようなことにならぬようにな」

「それは脅しですか？」

「私は事実を話したまでよ」

貴族審議会に絶対の服従を誓わなければ、命の保証はないということか。

「そうですか。ですが私の意見は変わりません。国土特別税法には、断固反対です！」

「くどいぞ。正式に通った法なのだ。それに反するならば、それ相応の罰が与えられると覚悟せよ」

「……そうですか。それでは私はこれで失礼します」

俺はそう告げて、議場を後にする。

誰が、こんな法案なんかに従うものか。絶対に無視してやる。


グランヴィル宰相の執務室へと戻ると、リリアーヌとオルトビーンが心配そうな顔を向けてきた。

グランヴィル宰相は、厳しい表情で俺を見つめている。

「どうだった？　満足な回答は得られたか？」

「いいえ。議長のマルクプス公爵がいらっしゃったので不服を申し立てたのですが、貴族審議会の決定に服従しない者には災いが降りかかると脅されました」

リリアーヌはその言葉を聞いて、目を大きく見開く。

グランヴィル宰相は、静かに首を横に振っていた。

「マルクプス公爵は他には何と？」

「正式な法に反対するならば、それ相応の罰が与えられると覚悟せよと言われました」

「その意味はわかっているか？」

「自分が不利になることは理解しています」

俺の答えに、グランヴィル宰相は頷いた。

「ああ。近々、貴族審議会から呼び出しを受けることになるだろうな。そこでエクトが特別税に反対したことが議題に挙げられ、糾弾されることになるだろう。その後、議長より処分が下されるはずだ」

「その処分に不服がある場合はどうすればいいんですか？」

「貴族審議会の処分は覆らない。王国に属する者は従わなければならない」

絶対服従というわけか。

そんなモノは無視してやりたいが、一応俺もこの王国の伯爵だ。従うしか方法はないのだろう。

俺のしぶしぶといった表情を見て、グランヴィル宰相が言葉を続ける。

「エクトよ、相手は貴族審議会。王都の有力貴族の集まりだ。爵位を与えるなどの最高権力を持つのは陛下とはいえ、王都の貴族の多くが所属する審議会を敵に回しては、今後の領地運営で滞る部分が出るかもしれん。それこそ、刺客を差し向けられることもあるだろう。決して無茶をしてはいかんぞ」

「そのことは理解しています。ただ国土特別税には納得できないんですよ」

リリアーヌは目に涙を溜めて、グランヴィル宰相に訴える。

「おじい様の力でなんとかなりませんの？」

「こればかりは無理だ。貴族審議会は私の意見どころか、陛下の意見まで跳ね返す力がある」

そんなグランヴィル宰相を尻目に、オルトビーンは両手をヒラヒラとさせて、おどけてみせる。

「エクト、やっちゃったね」

「ああ、それでも悔いはないよ。あの法に従うつもりはない」

グランヴィル宰相が深いため息をつく。

「呼び出しは早ければ明日になるだろう。今日は王都に泊まって、明日改めて登城するように」

「わかりました」

俺、オルトビーン、リリアーヌの三人は王城を後にするのだった。


翌朝、王都の宿を出た俺達は王城へ登城する。

朝早くから、審議会からの呼び出しがあったのだ。

貴賓室で待つ間、リリアーヌもオルトビーンも無言だった。

しばらくすると近衛兵がやってきた。

「グレンリード伯爵様、貴族審議会がお呼びです。議場までご案内いたします」

「エクト様……」

リリアーヌは心配そうな顔で俺を見つめてくる。

「心配ない。ここは戦場じゃないからね。命までは取られないさ。じゃあ、行ってくる」

オルトビーンがいつになく真剣な表情になっている。

「どんなことを言われても、早まったことをしてはいけないよ。自重してくれ」

「わかっている。それでは行ってくる」

近衛兵の案内で議場の扉の前に着いた俺は、一つ深呼吸をする。

扉が開けられると、中は貴族達であふれかえっていた。

マルクプス公爵は昨日と同じように、議長席に座っている。

「エクト・グレンリード伯爵、壇上へ」

議会室の中央にある壇に、俺はゆっくりと上る。

それを見届けたマルクプス公爵が席から立ち上がり、周りの貴族達を見回した。

「先日決定した国土特別税法について、エクト・グレンリード伯爵から昨日、不服申し立てがありました。断固反対の立場を取るとのことですが……エクト・グレンリード伯爵、そうだな？」

「はい。その通りです。五割も税を王国に納めれば、私達も領土の住民達も生きていくだけで困窮（こんきゅう）する事態になります。よって反対です」

俺が発言すると、貴族達からどよめきの声が広がる。

マルクプス公爵は余裕の顔をしている。

「この法案は、アンドレイ殿下が隣国のミルデンブルク帝国に対抗するため、資金を中央に集中したほうがいいと提案されたものです。皆さん、そうですね」

貴族の間から大きな拍手があがる。

「ファルスフォード王国の貴族ならば、アンドレイ殿下のご意向に協力するのは義務です。皆さんもそう思うでしょう」

貴族の間から、今までよりも大きな拍手が沸き起こった。

マルクプス公爵は首を大きく縦に振る。

「この決定に反する者はどうすべきでしょうか？」

「「「「エクト・グレンリード伯爵に罰を！」」」」

貴族達は声を揃えてそう言った。

その声が、議場に響く。

マルクプス公爵は再び議長席に座って、木槌を叩いた。

「それではエクト・グレンリード伯爵に処分を言い渡す。エクト・グレンリード伯爵の領土を、未開発の森林とアブルケル連峰のみとする。今ある城塞都市ボーダは没収し、ランド・グレンリード辺境伯の領土に戻す」

は!?　領地の没収だって!?

陛下でもないのにそんなこと……いや、そこまでの権力を持っているということか。

城塞都市ボーダを父上であるグレンリード辺境伯の領土とされてしまった。

残っているのは未開発の森林とアブルケル連峰だけだ。実質的にいえば、俺に街を作らせないということだろう。

マルクプス公爵は勝ち誇った顔で俺を見る。

「この決定に不服はありますか？」

「……納得できませんが、領土の件は従います。ですが、国土特別税法には反対です。考え直してくれませんか？」

領土を取り上げられてもいい。元々は父上の領土だったのだから。むしろ父上からすれば、領土を奪われたような形だったわけだしな。

しかし、国土特別税は国力を削る悪法でしかない。納得することはできない。

そう思っての発言だったが、マルクプス公爵はニヤリと笑い、机を叩く。

「残念ながら国土特別税が覆ることはない……これにて審議を終了する。皆さん、お疲れ様でした」

こうして俺の処分が決定し、貴族審議会は終了となった。


貴族審議会の議会が終わり、俺はグランヴィル宰相の執務室に寄る。

部屋に入るとリリアーヌ、オルトビーン、グランヴィル宰相の三人が静かに俺のことを待っていた。

リリアーヌが心配そうな声で質問してくる。

「議会の結果はどうなったのですか？」

「ああ、城塞都市ボーダを没収された。俺に残っている領土は未開発の森林とアブルケル連峰だけになったよ」

俺の答えに、リリアーヌが目を見開く。

「そんな！　ボーダがなくなれば、住民は生きていけませんわ」

「いや、都市そのものがなくなるわけじゃないんだ。グレンリード辺境伯の領土に戻されることになった。父上が直接管理するのか、他の誰かが領主をするのかまではわからなかったけど。だから城塞都市ボーダは残るよ」

　オルトビーンが難しい顔をする。

「なるほど、街を作れるような平地は持たせないということか」

　グランヴィル宰相も顔を顰めている。

「それにしても領土を奪ってくるとは。さすがに厳し過ぎるな。名目としては領地の譲渡という形にはなるだろうから、私や陛下も異議を唱えにくい」

「やはりそうですか」

　わかってはいたけれど、グランヴィル宰相にそう言われると、実感が湧いてくるな。

　そんな俺に、グランヴィル宰相が尋ねてくる。

「これからどうする？」

「判決の結果を住民に伝えるしか方法はないですね。領主が変わった後については、住民達に任せます」

　オルトビーンは少しニヤリとする。

「本当は、エクトには考えがあるんだろ？　落ち込んでいるようには見えないものね！」

　その言葉に、俺もニヤリとする。

実際のところ、今朝呼び出された時点で何かしらの処分が下されることは予想できていた。

全ての領土を没収されることも考えてはいたが……未開発の森林とアブルケル連峰が残って御の字だ。

「落ち込んでいても始まらないからね。城塞都市ボーダを没収されたのなら、また作ればいい。ただそれだけだよ」

リリアーヌが不安そうな顔で俺を見る。

「本当にそんなことができますの？」

「できるかじゃなくて、やるんだよ」

グランヴィル宰相が静かに頷く。

「何も手助けできなくて済まない。マルクプス公爵はプライドが高く、歯向かってくるものには容赦しないのだ。しかも現在は殿下という後ろ盾もあり、その権力とプライドはより強固なものになっている」

「マルクプス公爵のこと、お詳しそうですね」

「……私の弟なのだ。私が宰相を務めていることが悔しくて仕方がないらしい。ことあるごとに議会を使って邪魔をしにくる」

そういえば、マルクプス公爵の顔立ちが、どこかグランヴィル宰相に似ていた感じだったな。

「……それは厄介ですね」

「今回も、エクトが私の一派とみなされての措置だと思う。すまない」

グランヴィル宰相は苦い顔をする。

そうか、マルクプス公爵から見れば、グランヴィル宰相と親しい俺は、法案なんて関係なく潰すべき相手だったんだな。

黙って従えば良し、反対すれば潰す。これがマルクプス公爵のやり方か。

「とにかく城塞都市ボーダへ戻って、早く皆に今回のことを伝えないといけないな」

オルトビーンが執務室の床に描いた転移魔法陣の上に俺、リリアーヌ、オルトビーンが立つ。

「エクト、健闘を祈る」

そんなグランヴィル宰相の言葉と共に、魔法陣から放たれた光が俺達を包んだ。

第5話　新城塞都市アブル

ボーダの俺の屋敷のリビングに転移すると、たまたま近くにいたリンネが驚いた顔をしていた。

「お帰りなさいませ。王城ではいかがでしたか？」

「そのことで重要な話がある。一時間後に内政庁に主要メンバーを集めてほしい。アマンダ達と冒険者ギルドへの連絡は俺が受け持つから、それ以外をお願いできるかな？」

「お任せください」

そう言って立ち去ろうとするリンネに、リリアーヌが声をかける。

「私も一緒に行きますわ。二手に分かれたほうが時間を節約できますわ」

「わかりました、よろしくお願いします」

「それじゃあ、任せたよ」

リンネとリリアーヌは相談しながら部屋を出て行く。

一時間ほどで全員が内政庁に集まるだろう。

その間に、俺は隣の『進撃の翼』の五人の所へ行く。

玄関を開けてリビングに入ると、五人はソファーに座っていた。

「勝手に入ってゴメンよ。今日は大事な話があってね」

「なんだ？　大事な話なら私達から足を運んだのに」

アマンダはそう言ってにっこりと笑う。

すっごいリラックスしているし、なんだか申し訳ないな。

「ちょっと政治で色々あってね、俺の領土が未開発の森林とアブルケル連峰だけになった。城塞都市ボーダは辺境伯の領土に戻されたんだ。それで、アマンダ達には冒険者ギルドにそのことを伝えに行ってほしいんだ」

「大変なことじゃないか！　至急で冒険者ギルド支部へ行ってくる！」

「ああ、頼むよ。そうそう、一時間後に内政庁で集まってもらった全員に詳細を話すから、ギルドマスターにも参加するように伝えてくれ」

「わかった。それじゃあ皆、行くよ」

俺の言葉に頷いたアマンダは、『進撃の翼』の面々を連れて邸から出て行った。

俺が自分の邸に戻ると、オルトビーンがニヤニヤと笑っている。

「さて、エクトにどれくらいの人達がついてきてくれるかな？」

「さあね。こればっかりはわからないよ……オルトビーンはどう思ってるんだ？」

「俺は全員がエクトについていくと思う。もちろん、俺もね。その方が楽しそうだし」

「そうか、ありがたいよ……なんでそんなに楽しそうなんだ？」

さっきからずっとニヤニヤしているのが気になる。

「誰もいなくなったとして、その後の城塞都市ボーダを誰が管理するんだろうね？　それを考えると面白くってね！」

なるほど、それは確かに気になるところではあるよな。

「そのあたりも後で話せればいいが……とりあえず、内政庁に行って会議の準備をするか」

一時間後、俺は会議室に集まった面々を見回す。

ボーダ村やボウケ村など、この地域にあった村の元村長で、現在は各区画長を務めている六名、冒険者ギルドのギルドマスターに、『進撃の翼』の五人。そして、ボーダ警備隊隊長エド、狩人部隊隊長ルダン、外交官のアントレ、内政庁のイマール、学校長、治療所長、そしてなぜか、商店のカイエまで顔を出している。

俺は座っていた椅子から立ち上がった。

「集まってくれてありがとう。さっそくですが、王城で起こった詳細を話します。その結果、皆さんがどう判断し、行動するかは自由です。では話を始めます」

俺は王城で起こった出来事を話し始めた。

「一部の方は知っていると思いますが、この度、ファルスフォード王国で国土特別税法が可決されました。これは、私財と年間税収の五割を王国に税として納めよというものです。私財だけならまだしも、税収は領地運営に不可欠なもの。それを五割も中央に納めたら、生活が立ち行かなくなります。そこで私は王城へ行ってきました」

皆はそれぞれに真剣な顔をして聞いてくれている。

「そこで判明したのは、この法案を可決したのは陛下や宰相閣下ではなく、貴族審議会という、王都の貴族が集まる議会だということです。当然私は反対しましたが、議会に逆らったために、城塞都市ボーダの没収という処分を受けました。これによって、私の領土は未開発の森林とアブルケル連峰だけになりました」

城塞都市ボーダの没収と聞いた時、皆が顔を青ざめさせた。

「俺達はどうなるのですか？」

そんなエドの声に、俺は冷静に答える。

「城塞都市ボーダは、グレンリード辺境伯の領土に戻されることになりました。たぶん辺境伯の息のかかった者が領主となって、城塞都市ボーダを管理していくと思います……細かいことは、おそらく近日中に辺境伯より通達があるはずです」

元村長達が、顔を見合わせている。

実質的に、この土地は辺境伯からは見放されていた。

それが再び辺境伯の統治下に戻るということで、どうなるのか予想できないのだろう。

俺は彼らを安心させるように、言葉を続ける。

「ここからが本題です。私はアブルケル連峰の麓に、城塞都市ボーダと同じ規模の城塞都市を築くつもりです。私と共に新しい城塞都市に住みたい方は、ついてきてください。逆に、城塞都市ボーダに……この土地に残るのも自由です。そのことを、住民や部下に伝えてください」

そこまで言うと、真っ先に元ボーダ村の村長、オンジが手を挙げた。

「わし等は何度もエクト様に助けられてきた。今の暮らしがあるのもエクト様のおかげじゃ。じゃから、わしはエクト様についていきますじゃ。おそらく、ボーダ地区の皆ものう」

続いて、ボーダ警備隊隊長のエドと、狩人部隊隊長のルダンが椅子から立ち上がる。

「ボーダ警備隊はエクト様が組織されたものです。当然我々も、エクト様と共に新天地に移りましょう」

「ただの村の狩人だった俺達を、ここまで育ててくださったのはエクト様です。狩人部隊はエクト様についていきます」

アントレにイマール、学校長、治療所長も、同じ気持ちのようだ。

ただ、ギルドマスターだけは難しい顔をして悩んでいた。

「個人としてはエクト様と共に行きたいが、冒険者ギルドが支部を置いたのは、あくまで城塞都市ボーダだ。私達は一緒に行けない。冒険者ギルドの支部としての務めを果たす」

「ああ、わかった。残るからといって責めたりはしないよ」

それから話をするうちに、ゴーズ村、カース村、ゲイン村、ラーマ村、クード村などの元村長達のうち、ゴーズ村とカース村の村長は、ここに残るとのことだった。

もちろん、それぞれ村民の意見は聞くようだが、基本的には元村長が残るなら村民も残るんだろうな。

ちなみにカイエは楽しそうに会議を聞いていて、最後に「エクトからはお金の匂いがするにゃーん」と言って、ついてくることにしたようだった。


翌日から、俺とオルトビーンの二人は、アブルケル連峰の麓、鉱山村の近くに、新しい城塞都市の建設を始めた。

マルクブル公爵は、俺に平地の領地を与えないようにするつもりだったんだろうが、甘い。

俺の土魔法があれば、未開発の森林を切り拓くことなど朝飯前なのだ。

ボーダの一・五倍ほどの敷地面積に、高さ十五メートル、幅五メートルの外壁を二つ作る。

第一外壁の内側と、第一外壁第二外壁の中間は、住居や学校、農耕地など、それぞれ用途に応じていくつかの地区に分けている。

近くに水源もあったため、上下水道も作成し、区画を分けて、皆が住めるだけの住居を用意した。

鉱山村も併合し、野菜や肉などを格納しておく格納庫地区も作った。

必要な建物を作っていき、各地区に一つ、天然温泉の公衆浴場も用意した。

二つの外壁の上には、ボーダから持ってきた大砲を設置してある。

また、都市の中心部には俺の邸が建てられた。

地下三階地上三階の建物だ。地下三階の更に下には巨大な地下空洞を作り、ボーダの邸の地下にあったドラゴンの素材や各種インゴットなど、貴重品も運んできた。

周囲から中が見えないように、五メートルの壁で囲い、巨大露天風呂も作った。庭には薬草が植えられていて、花が咲いていてとてもきれいだ。

ボーダとアブルケル連峰を結んでいた地下道も、少し道を変えた。ボーダまでは繋がないことにしたのだ。

その代わり、グレンリード辺境伯領の領都グレンデからボーダに向かう街道の途中、少し未開発の森林に入ったところに、地下道の出入口を作った。

ここから入って未開発の森林の地下を通り、新しい都市の目の前に行けるというわけだ。

その出入口から都市までの距離はおよそ四十キロと、元の地下道よりは短くなった。

こうして俺達の新しい城塞都市——アブルが完成した。

移住を決めた面々は、新しい都市に大喜びだ。

しかし忘れてはいけないのは、城塞都市ボーダの撤去処理。

あのままでもいいのだが、万が一辺境伯と事を構えることになった場合、今のままのボーダを相手にするのは骨だ。

というわけで、第二、第三の外壁は崩し、他の不要な建物も解体していった。

もちろん、残る選択をした住民や冒険者ギルドの面々もいるので、普通に生活できる設備は残している。

外壁も一つは残しているので、まぁ一応、城塞都市ボーダと呼べるだろう。

そんなわけで、ボーダからの撤去作業を終えて一週間後。

五十人の兵士を連れて、二人の新しい領主が赴任してきたそうだ。

噂によれば、グレンリード辺境伯の長男と次男——つまりは俺の兄でもあるベルドとアハトらしいが、本当にあの二人で大丈夫だろうか？

まぁ、うまいことやってくれることを願うしかないが。


そんなボーダの新領主の報告を受けた日、俺はリビングでまったりしていたオルトビーンに、聞きたいことがあったのを思い出して問いかけた。

「そうだ、オルトビーン。聞きたいことがあってさ」

「ん？　なんだい？」

オルトビーンは不思議そうに首を傾げる。

「マルクプス公爵のことなんだけど。公爵と宰相って、なんでそんなに仲が悪いんだ？　ただの兄弟の確執だけじゃないような気がするんだけど」

オルトビーンは穏やかに微笑んで、深く頷いた。

「そうか、エクトは中央の政治には疎かったもんね……そうだな、知っていると思うけど、エルランド陛下には二人の息子と一人の娘がいる。長男で嫡子でもあるアンドレイ殿下、次男のニコラス殿下、長女のユリアナ殿下。跡目争いでアンドレイ殿下とニコラス殿下が争っているわけさ」

エルランド陛下はまだお元気なのに、もう跡目争いが始まっているのか。

俺が思わず眉を顰める中、オルトビーンは説明を続ける。

「長男のアンドレイ殿下はプライドだけは高く、短気で短慮。しかし貴族としての誇りを良くも悪くも大事にしていて、とても扱いやすい人物だ。だからマルクプス公爵が推しているのさ」

なるほど、神輿にするなら、少し単純なほうが操りやすいというわけか。

「次男のニコラス殿下は沈着冷静、思慮深く、博学で慎重な性格。だからグランヴィル宰相が推している」

ニコラス殿下は慎重なグランヴィル宰相が推すだけの器量の持ち主というわけか。

「ここまではよくある兄弟って感じだけど、ここからが問題でね」

オルトビーンはため息をついて続ける。

「次男のニコラス殿下は温厚だから何とも思っていないが、長男のアンドレイ殿下の方は次男のニコラス殿下を嫌って、彼に組する勢力ごと排除しようと考えている、なんて言われてる」

跡目争いではよくあることだな。

納得して頷いていると、オルトビーンがジト目を向けてくる。

「エクト、あまり自覚がないようだから言っておくけど、グランヴィル宰相一派の出世株として、エクトは貴族界から注目の的だったんだよ」

「それは知らなかったな。田舎からの成り上がり者という自覚はあるけど。それに、グランヴィル宰相一派に入っているつもりもなかったよ」

「まったく、グランヴィル宰相の孫娘リリアーヌと一緒に邸で住んでいるというのに。自覚が足りないね」

貴族達からそういう目で見られていたんだな。俺は誰とも組んでいるつもりはなかったんだけどな。

まぁ、実際にグランヴィル宰相にはお世話になっているし、派閥に入っているようなものか。

「だからさ、エクトのことを潰したいと思っていた貴族達は多かったと思うよ。陛下からの覚えもよく、グランヴィル宰相から可愛がられているんだから」

なるほど、つまり……

「貴族審議会の貴族達は、マルクプス公爵の一派が中心になっているということか。俺は何も知らずに敵のど真ん中へ行ってしまったというわけか」

「その通りだね。まぁ、元々が三男坊で王都での政治について関わることもないと思われて教わっていなかったんだろうし、仕方がないけどね」

「それはそうだけど……俺が呼び出された時に教えてくれても良かったじゃないか」

「ごめんごめん、基本的なことすぎて忘れてたね」

「はぁ……まあいいや。そんなことより、今回の国土特別税、本当は何が目的なんだろう？　アンドレイ殿下はミルデンブルク帝国へ対抗するためと言っているらしいけど、本気でそう思っているのかな？　狙いが別にあるんじゃないかって気がするけど」

「俺もそう思うね。客観的に見れば、地方貴族の力を削ぐ結果にしかならないと思う。領土を持っている貴族達の力を削いで、マルクプス公爵一派の力を拡大したいのか。あるいは、別に裏があるかもしれないね」

　確かに、地方貴族の中にもマルクプス公爵一派もいるだろうし、自分の仲間の貴族の力を削いでは意味がない。

　となると、オルトビーンの言う通り、また裏がありそうだ。

「ミルデンブルク帝国へ対抗するためとはいうけど、具体的にアンドレイ殿下は何をするつもりなんだろうな？　そんなに資金を集めて、王都の軍備でも増強するつもりなんだろうか？」

「ミルデンブルク帝国は、今まで小国を吸収合併してきた軍事強国だよ。ファルスフォード王国がミルデンブルク帝国に呑み込まれないのは、国境に未開発の森林とアブルケル連峰があるおかげさ。少し軍備を整えたからといって勝てる相手じゃない」

それではなぜ、アンドレイ殿下はミルデンブルク帝国へ対抗なんてことを言っているんだ？

何かがおかしい……誰かに唆されたとか？

だとしたら、その犯人はマルクプス公爵である可能性が高いよな。

ではなぜ、マルクプス公爵はアンドレイ殿下にそんなことを言ったんだ？

領土を持っている貴族達の力を削ぐためだとしたら、それで得をするのは……

「オルトビーン、なんだかとても嫌な予感がするんだけど！」

「エクトもそうかい。俺も嫌な予感がするよ！」

これは俺の件は別として、きな臭すぎる。少し調べる必要があるかもしれない。

「オルトビーン！」

「わかっている。少し調べてくるよ！」

オルトビーンはゆっくりとソファーから立ち上がり、床に転移魔法陣を書く。そして中央に立つと、光に包まれて王城へ転移していった。

とりあえず、調査はオルトビーンに任せて……俺はアブルを発展させないとな！

閑話　新領主の城塞都市ボーダの統治

「なんだ、この城塞都市は。随分と小さいじゃないか……噂が大きくなっていただけか」

俺、ベルドは馬に乗って、新しく赴任した城塞都市ボーダの内側を見回っていた。

弟のアハトも、同じく馬に乗って俺の隣を走っている。

「やはりただの噂だったか。あのレンガ野郎が伯爵になったと聞いた時には悔しくて眠れなかったが」

「ああ、おそらく王都にはこの地域の情報が入りづらいのをいいことに、誇張して報告したのだろう。それに、未開発の森林はエクトの領土ということになっているが、元々は辺境伯である父上の領土だ。だから勝手に開拓をしても文句は言えまい」

「兄上の言う通りだ。ガンガン開拓して、俺達の実力を見せつけ、俺達も爵位を上げよう」

未開発の森林は魔獣が多い森林として有名だが、あのエクトに開拓できたのだ。

ということは、より優秀な俺達なら簡単に開拓できるはずだ。兵士も五十人連れてきているしな。

そんなエクトが作ったという城塞都市ボーダの内側は住宅地と農耕地が多く、ほとんどの住人達が農民のようだ。狩人は全く見かけない。

「ボーダの住人というのは農民だけのようだな。狩人はいないのか?」

「兄上、ここには冒険者ギルドの支部がある。魔獣狩りは冒険者に任せているんだろうぜ」

なるほど、魔獣の肉は冒険者ギルドから買い取っているのだろう。

アハトは胸を張って笑っている。

「これからは兵士達を未開発の森林に入らせて、魔獣を倒してくればいい。そうすれば肉の心配もなくなり、住民からも感謝されるだろう。簡単なことだな」

「ああ、アハト。お前の言う通りだな」

俺達は気軽な気分で、エクトが住んでいた領主の邸へと馬を走らせた。

元エクトの邸は三階建ての建物で、思っていたよりも立派な建物だった。建物の裏手はまっさらな広い庭になっている。

ここで領主として、弟のアハトと共に仕事をこなしていく。簡単な仕事だなと、俺は気軽に考えた。

まず最初の仕事として、収穫した野菜などの三割を、税として集めた。

その際、住人が驚いていたので話を聞いてみると、エクトは税を取っていなかったらしいことがわかった。

弟のアハトは大きな声で住人達に言い放つ。

「俺達と兵士五十名が城塞都市ボーダを守っているんだ。税を支払うのは当たり前だろう。今までがおかしかったのだ」

住人達は少しだけ不満そうな表情をしていたが、素直に俺達の言うことに従った。

続いて、冒険者ギルド支部へ魔獣の肉を求めに行くと、受付嬢が不思議そうな顔をする。

「魔獣の肉が必要なんですか。それならば、これからは魔獣の肉も持って帰ってくるように冒険者に伝えますけれども」

ん？　ギルドが肉を集めていたんじゃないのか？

「エクトの時はどうしていたんだ？」

「エクト様の時は狩人部隊を編成して、自分達で魔獣を狩って、肉を入手していましたね。今まで、冒険者が魔獣の肉をわざわざ持って帰ってきたことはないです」

「狩人部隊というのがいるのか？」

「エクト様と一緒に都市を出られたので、今はおりませんが」

なんだ、そうなのか。

しかしなるほど、エクト達は自分達で未開発の森林に入って魔獣の肉を手に入れていたんだな。

「そうか。わかった。我らも未開発の森林に入って、魔獣を狩るとしよう。足りない時には冒険者ギルドへ依頼する」

「では依頼があった時だけ、魔獣の肉をお売りしますね」

エクト程度にも狩れるなんて、未開発の森林の魔獣はたいしたことはないようだな。

俺はアハトと兵士達と共に、森林へと勇んで向かうのだった。


「トロルと交戦。負傷者多数。トロルを捕らえることはできませんでした」

「オーガ三体と交戦。負傷者多数。オーガを倒すことができず、敗走してきました」

「オーク三体と交戦。負傷者数名。オーク三体を仕留めました」

未開発の森林に入ってすぐのあたりに設置した陣幕で、俺は兵士達からの報告を聞いて拳を握りしめていた。

トロルはBランク、オーガはCランク、オークはDランクの魔獣だ。魔獣のランクはAを最上位にして、Fまでの六段階に分類されるが、この森にはトロルなんて高ランク魔獣までうろついているのか。

兵士達が戻ってくる度に、負傷者の数が増えていく。

首都グレンデから持ってきたポーションも底をつきかけている。

慌てて兵をやって、ボーダの商店でポーションを買ってこさせようとしたのだが、なぜかポーションを売っている店がなく、ギルドから購入する羽目になった。

これでは支出が多く、採算が取れない。いったい、エクトはどうやっていたのか。


数日経つ頃には、五十名いた兵士の三分の二が負傷兵となってしまった。

しかも数人は傷が酷く、ポーションでは治らない。

ギルドに依頼して、冒険者の中にいる回復魔法士を借りて治療に当たり、負傷兵は住人に介護してもらっている状態だ。

実際に動ける兵士が減ってきたため、俺とアハトも未開発の森林に入ることになった。

始めはオークなどの中ランク魔獣を倒して順調に森林の奥まで入っていった。

しかし突然、ドシン、ドシンという地響きが聞こえてきた。

咄嗟に剣を抜いて身構えていると、目の前に体長十メートルを超えるサイクロプスが現れた。

サイクロプスは棍棒を振り回し、兵士達を吹き飛ばしていく。

兵士達はなんとか躱して剣を振るうが、皮膚を浅く切るばかりだ。

俺もサイクロプスに果敢に挑んだものの、兵士達と同じように皮膚を斬り裂くだけで、筋肉を斬ることができない。

気が付けば、俺とアハト以外の全員が、サイクロプスの棍棒を受けて吹き飛ばされていた。

アハトが必死に声を放つ。

「撤退！　撤退！　全員撤退だーー！」

兵士達は全員負傷していて、思うように体が動かないのだろう。

ほうほうのていで、それでも必死に撤退していく。

そして俺も最後に一撃を食らってしまい、アハトの肩を借りなければ撤退できないほどだった。

こんな魔獣をいったい、どうやって、エクトは倒したというのだ？


こうして連れて来た兵士五十名全員が負傷者となり、俺もベッドで治療を受ける日々が続くことになった。

連日、肉の買い取りで、領都グレンデから持ってきた資金も底を尽きかけている。

アハトが連日、冒険者ギルド支部との交渉にあたっているが、こんな調子で領地経営をしていけるのだろうか。

第6話　ユリアナ殿下

アブルの整備も一段落つき、俺、エクトはアブルケル連峰を眺めていた。

あの山々を越えると、ミルデンブルク帝国になる。

今まではミンデンブルク帝国の土地を見たことはなかったけど、しかしここまで近くなると、一度は見たくなる。

「というわけで、今日はアブルケル連峰に登ってくるよ」

そんな俺の言葉を聞いて、リリアーヌは目を輝かせた。

「私もあの神々しい連峰に登ってみたいですわ」

「標高は四千メートルを超えるらしい。リリアーヌでは歩いて登るのは無理じゃないか。今回は止めておいたほうがいい」

俺がそう言うと、リリアーヌは不満げに頬を膨らませた。

俺だって、あんな高山を超えるのは初めてだ。

もしリリアーヌが途中で歩けなくなった時、サポートできる自信がない。

「次に登る時は、リリアーヌも連れていくから怒らないでくれよ」

「……約束ですわよ」

「ああ、もちろんだ」

俺はリリアーヌに微笑みかけてから、邸を出た。

向かうのは、ボーダの時と同様に隣に建てた『進撃の翼』の邸だ。

アブルケル連邦への遠征への同行を頼むためだ。

彼女達なら、不測の事態があっても、自力でなんとかできるだろう。

なんといってもSランク冒険者だからな。頼りになる。

邸に入り、アマンダにアブルケル連峰に向かうことを告げると、アマンダが喜びを露わにした。

「いいね、行きたいと思っていたんだ！　ただ、私達もあんな高山に登ったことないからね。準備は万全にしていくよ」

「わかった。よろしく頼む」

というわけで、俺達はさっそく出発するのだった。


アブルを出発して八時間が経った。

登っていた山肌が、森林から岩肌に変わってきている。

さすがにこれほどの高度になると魔獣達の数は少ない。

その数少ない魔獣達も、『進撃の翼』の面々が、アダマンタイトの武器で次々と倒していく。

俺の出番はないな。

「ロック系の魔獣が多くなってきたな。ここからは岩場だ。魔獣にもだが、落石にも気をつけよう」

勢いのついた落石が直撃しようものなら死にかねないし、足場が崩れることも想定しなければならない。

下手をすれば、足場が崩れて数十メートル滑落しかねないからな。

段々と空気が薄くなっているのがわかる。歩いているだけで体力が削がれていく。

ノーラはここまで上ってくる途中、岩場の目立つ位置に大楯を置いてきていた。これ以上持っていくのが辛いのだろう。その気持ちは理解できる。

途中の岩場に座って休憩を取る。

少しだけ水を飲んで、干し肉をかじる。

これだけでも体力が少し戻ったような気がした。

十分ほど休憩したところで、アマンダが座っていた岩から立ち上がり、すると皆も自然と立ち上がった。

「さあ、皆、あと少しだよ。頑張って歩くよ」

「「「「おう！」」」」

俺達は山頂を目指して歩いていく。

途中で山道が急斜面になっていて、歩くというよりロッククライミングのような状態になっている部分があった。

これは登るのは難しいかと思っていると、先にオラムが歩いていって、尖った岩にロープを結び付けた。

そしてそのロープを頼りに、俺達は細い足場を登っていった。

オラムはハーフノームだけあって、こういった岩場には慣れっこらしい。疲れを知らないのかと疑いたくなるほど元気だった。

そんな彼女が休憩中、ニッコリと太陽のように笑って近寄ってきた。

「エヘヘ、僕って役に立つでしょ」

「役立つ、役立つ」

俺が頭を撫でてやると、オラムはとても気持ち良さそうに目をつむっていた。

それから歩くこと二時間。俺達はようやく山頂に到着した。

足元を見れば、ファルスフォード王国側もミンデンブルク帝国側も、麓は深い森林に覆われている。

ミンデンブルク側との国境は、一応あちら側の麓の森林ということになっているが、王国も帝国も、この森林と連峰の開拓が進んでいないため、実質的にはこの一帯全てが国境地帯となっている。

近くにあった巨大な大岩の上に乗って、ミルデンブルク帝国側の、麓の森林を越えた先にある平地を見る。

都市らしい都市は見当たらないが、いくつか村らしきものがあるように見えた。

そしてそのさらに奥で、ゴマ粒ほどの小ささで、動いている点が見えるが……まさかあれは軍隊だろうか？

しばらく観察していると、演習しているような動きに思われた。

なぜあんなところで演習を？

まさかミルデンブルク帝国軍はアブルケル連峰を登って攻めてくるつもりか？

もちろん、そうと決まったわけではないが、警戒するに越したことはないな。

続いて俺は、アブルの方向を見下ろす。

けっこう大きく作ったつもりだったけど……

「こうやってみると、そんなに大きくないんだな」

思わずそう呟いた瞬間、俺の足元の大岩が揺れ始めた。

転びそうになりながら大岩から降りると、その大岩が目を開いていた。

もしかして、岩じゃないのか⁉

「これはロックドラゴンだよ！　皆、戦闘準備！」

アマンダの号令で、『進撃の翼』の五人が武器を構える。

〈最近、この辺りに人が多く来るが、何かあるのか？〉

しかしそれを気にした様子もなく、ロックドラゴンは念話を使って、ゆっくりと俺達に質問してきた。知能がかなり高そうだ。

「起こして悪かったよ。俺はエクト。この連峰のファルスフォード王国側の麓に作った都市に住んでいるんだ。今日は、山の向こう側を見たくて登ってきた。よろしく」

〈ふむ、ファルスフォード王国側ということは、森神のいる森か。あの森を越えた先に住んでいるのか？〉

「いや、今はこの麓だが……森神様を知っているのか？」

〈うむ。やつが森を守るように、我は昔から、このアブルケル連峰を守っておる〉

なるほど、森神様と似たような存在ということか。

ところで、さっき気になることを言っていたな。

「最近、俺達以外で人が登ってきたことがあるのか？」

〈そうだ。人が集団で登ってきたぞ。ミルデンブルク帝国側から登ってきて、山頂でファルスフォード王国側の麓を見ておったわ〉

それってミルデンブルク帝国側の偵察隊じゃないのか。

ミルデンブルク帝国がファルスフォード王国を気にしている。嫌な予感がするな。

となれば、やるべきことは一つ。

「ロックドラゴン、この山頂に建物を建てたらダメかな？」

〈我を害さないのなら構わん。好きにせよ〉

もし奴らが攻めてくるとしたら、それに備えないといけない。

俺は『進撃の翼』の五人を見る。

「今日からしばらく、この山頂付近で野営しよう」

「かまわないが……何をするんだ？」

「砦（とりで）を作ろうと思ってね、皆は周囲の警戒だけしていてくれ」

そういえば元の世界で、万里の長城ってのがあったな。あれを真似してみるか。

砦部分は、高さ十メートル幅五メートルほどの二階建てで、通路となる部分も五メートルくらいの高さがあれば十分かな。

俺は岩場に両手をついて、土魔法で形を変化させる。

といっても、足元の岩場の形状を変化させ、壁と天井を作るくらいだからそこまで大変ではなかった。

この調子で、ガンガン作っていこう！

そうして柵になる部分や砦の中はオラムにも土魔法で手伝ってもらいつつ、作業すること三日。

無事にイメージ通りの長城が完成した。

長さはまだ二キロ程度だが、それより向こう側は山が険しく、登って来られるとは思えないので、後回しでいいだろう。ロックドラゴンも、気を遣ってくれたのかそちら側に去っていった。

作業中、ミンデンブルク帝国側の監視もしていたが、こちらに向かってくるような軍隊は特に見えなかった。

おそらく、こちらの動きには気付いていないんだろうな。

これでここに残る必要もなくなったので、俺達はアブルに戻る……前に、ハイドワーフ族が住んでいる洞窟へと向かった。

アブルケル連峰の山々はハイドワーフ族の縄張りだ。

アブルを作る時には事前に話をしておいたが、この山頂の長城については何も伝えていない……

俺が作業している間に、『進撃の翼』の誰かに挨拶に行ってもらっておいてもよかったかな。

まぁ、済んだことはしょうがない。

俺達六人がハイドワーフの洞窟に着き、大広間へと進んでいくと、そこには族長のガルガンがいた。

「おーい、ガルガン、少し報告があって立ち寄らせてもらったよ」

「おお、エクトではないか。今度はどうしたのだ？」

ガルガンが大柄な体を揺すって椅子から立ち上がり、俺の右手を握ってくる。

ついでとばかりに背中をバンバンと叩いてくるんだけど、地味に痛い。

「実は数日前に、アブルケル連峰の山頂まで登ったんだけど……ガルガンはミンデンブルク帝国のことは知っているか？」

「うむ！　アブルと反対側に集まっている人族のことだな！」

さすがにこの山に住んでいるなら知っているか。

ガルガンが表情を消し、真剣な顔になる。

「もしや、お前達との間で戦が起きるのか？」

「まだ、そうと決まったわけじゃないけどね」

「そうか。それならいいが」

ガルガンは顔を緩ませ、安堵したように息を吐いてからテーブルの上の酒をグイっと飲み干した。

「それで、その帝国がどうしたのだ？」

「ああ、どうやらちょっと前に、山頂まで来て俺達の国の様子を確認していたらしくてな。しかも演習までやっているみたいなんだ。それでここからが本題だけど……事後報告で悪いが、アブルケル連峰の山頂に防衛用の長城を建てておいた。もしミンデンブルク帝国が攻めてきたら、そこで食い止めたくてね。一応、この山のことだからガルガンには報告しようと思ったんだ」

「なるほど、わざわざ報告してくれて助かる。何かあれば俺達も協力しよう」

これでハイドワーフ族の了承を得ることができた。有事の際には共闘も見込めるのはとても助かる。

「よろしく頼むよ」

「うむ。それでは今宵は宴だ」

「どうしてそうなるんだよ」

「なんだ、嫌なのか？」

嫌ではないが……どれだけ酒が好きなんだよ。

ちらりとアマンダ達を見ると、宴と聞いて嬉しそうだ。

まったく、今日は帰れそうにないな。


次の日、俺達はハイドワーフ族の洞窟から、アブルに帰った。

俺が邸へ戻ってくると、リリアーヌとオルトビーンが、リビングのソファーに座っている。

オルトビーンの王都での用事は終わったのか？

オルトビーンは俺を見て、穏やかに微笑む。

「おかえり、エクト。アブルケル連峰の山頂まで登ってきたみたいだけど、何か収穫はあったかい？」

俺はアブルケル連峰での出来事を、オルトビーンに伝える。

すると、オルトビーンは思案顔になった。

「なるほど……それはファルスフォード王国を狙った動きと考えてもいいだろうね。砦を作ってきたのもいい判断だと思う」

「今は誰も駐屯していないけどね」

次は俺がオルトビーンに質問する番だ。

「王城で何か情報はあったかい？」

「ああ、やはり今回の国土特別税法は、マルクプス公爵がアンドレイ殿下に入れ知恵したものだった。黒幕はマルクプス公爵のようだよ」

「マルクプス公爵の目的は何だろう？」

「そこまで調べることはできなかったよ。俺が話を聞ける範囲で、知っている者は誰もいなかった。当然、アンドレイ殿下なら目的を知っている可能性があるが、俺達には教えてくれないだろうな」

宮廷魔術師のオルトビーンでも、アンドレイ殿下から情報を聞き出すことは無理らしい。

「マルクプス公爵が何を企んでいるのか探る、いい方法があればいいんだけど……次は俺も王城に行ってみるか」

すると、今まで黙っていたリリアーヌが手をあげる。

「王城のことでしたら、私のほうが詳しいですわ。一緒に参ります」

リリアーヌなら社交界で知り合いも多いだろうし、もしかすると女性ならではの伝手で何か情報が手に入るかもしれない。

ここは素直に手伝ってもらうほうがいいだろう。

「わかった、助かるよ」

「それじゃあ、エクトは疲れているだろうけど、さっそく行こうか。情報収集は早ければ早い方がいいからね」

オルトビーンはそう言って、リビングの床に転移魔法陣を描くのだった。


俺達は王城に転移し、すぐに行動に移った。

「じゃあ、俺は情報を集めてくるよ」

そう言ってオルトビーンは王城の廊下を歩いて去っていった。

一方でリリアーヌは、俺の手を握って離さない。

「エクト一人で王城の中を彷徨(さまよ)っていたら、近衛兵から変に思われますわ。それに迷子になったらたまりませんもの」

確かに、リリアーヌの言うことにも一理ある。

迷子になんかならないと言いたいところだけど、宰相の執務室に謁見の間、それから貴賓室くらいにしか行ったことがないので、城については詳しくない。

「それじゃあ、一緒に庭でも散歩してみようか。ここの庭はきれいで、とても美しいね」

「だって王城ですもの。毎日、植木職人が来て、樹々を整えていますわ」

そりゃあ大変な作業だな。

リリアーヌが俺の隣を歩いて、樹々や花々について教えてくれる。

調査はいいのだろうか、とは思いつつ、リリアーヌが嬉しそうなので俺は素直に話を聞いていた。

するとが前から、一人の少女が歩いてくる。

途中まではこちらには気付いていない様子だったが、俺を見て……というよりは、リリアーヌを見て目を見開いていた。

知り合いだろうか？　と思ってリリアーヌを見ると、こちらも目を見開いている。

「リリアーヌ、リリアーヌではありませんか。随分と久しいですね」

「ユリアナ殿下。お久しぶりでございます」

ユリアナ殿下といえば王女殿下だな。

俺がすぐに片膝をついて頭を下げると、ユリアナ殿下が声をかけてきた。

「庭で堅苦しい挨拶は抜きです、顔を上げてください。あなたは……リリアーヌの隣にいるということは、噂のエクト・グレンリード伯爵ですね。ユリアナと言いますわ」

俺は王城で噂になっているのか。いったい、どんな噂だろう。

そんな疑問が顔に出ていたのか、ユリアナ殿下は微笑む。

「一人で貴族審議会に噛みついたのですから、噂にもなります」

そういう意味で噂なんですね。もっと良い噂のほうが良かったな。

ユリアナ殿下が表情を消して、リリアーヌを見る。

「リリアーヌ、少し、相談したいことがあるのだけどいいかしら？」

リリアーヌが心配そうに見てくるので、俺は頷いた。

「俺は一人で庭を見ているから、ユリアナ殿下のお話を聞いておいでよ」

「ありがとうございます。エクト伯爵、リリアーヌを少しの間、借りていきますね。それではリリアーヌ、参りましょう」

ユリアナ殿下は俺の言葉で再び笑みを浮かべると、リリアーヌを連れて去っていった。

それからしばらく、一人で庭を散歩して時間を潰していると、リリアーヌが焦った表情で俺の元へ走ってきた。

後ろにはユリアナ殿下もいる。

リリアーヌは俺の耳元に顔を寄せると、小声で伝えてくる。

「ユリアナ殿下が、アンドレイ殿下とマルクプス公爵の密談をたまたま聞いてしまわれたらしいですわ」

なんだって⁉ それが本当なら、有力な情報だ！

ユリアナ殿下も、周囲を気にしつつ情報を教えてくれる。

「先日のことなのですが、夜中に眠れなくて廊下を歩いていた時、兄上の部屋の扉が少しだけ開いていて……」

「なるほど、わかりました。ユリアナ殿下に協力することを誓います。しかしここでは誰かに聞かれるとも限りません。話すのは止めておきましょう。どこかいい場所があればいいのですが……」

「エクト、捜したよ、まだここにいたのか。こっちは新しい情報はなかった……って、あれ？ ユリアナ殿下？」

俺がユリアナ殿下を安心させるようにゆっくり答えていると、オルトビーンが戻ってきた。

「オルトビーン、ちょうどよかった」

俺はオルトビーンに、事の次第を説明する。

「わかった。ここでは話しにくいだろう。エクトの邸に戻るよ」

オルトビーンはそう言って、すぐに転移魔法陣の準備をする。

そうして俺、リリアーヌ、ユリアナ殿下、オルトビーンは、アブルにある俺の邸のリビングに転移したのだった。


転移してすぐ、リリアーヌが気遣ってユリアナ殿下に声をかける。

「ソファーにお座りください」

その間に俺は、キッチンにいたリンネに声をかけて、紅茶を用意してもらう。

俺、オルトビーン、リリアーヌ、ユリアナ殿下の四人はリビングのソファーに座って、しばらく無言の時を過ごした。

リンネが紅茶を持ってきてもなお、ユリアナ殿下は下を向き、頭を抱え込んでいる。

こうしていてもしょうがないので、ユリアナ殿下に話を促してみる。

「あの、殿下……」

「……本当に、話してもいいものでしょうか」

ユリアナ殿下は、まだ俺達に相談することを躊躇(ためら)っているようだ。

リリアーヌが優しい声でユリアナ殿下を励ます。

「ユリアナ殿下、お一人で悩まれるには事が大きすぎます。どうか私達にも、その重荷を背負わせてくださいまし」

「聞いてしまったら、後戻りできないかもしれませんよ？」

「構いませんわ。私はいつでもユリアナ殿下の味方でございます」

その言葉を聞いて、ユリアナ殿下は決意したように表情を引き締める。

「ありがとうリリアーヌ。それではお話ししますわ」

俺とオルトビーンも何も言わずに、ユリアナ殿下の言葉を待つ。

「とある夜のことです。私は中々寝付けずに、気晴らしに庭に行こうと思って部屋を出ました。その途中、アンドレイ兄上様の部屋の前を通るのですが、たまたま扉がわずかに開いていて、マルクプス公爵との話し声が聞こえてきたのです」

ここまではさっき聞いたな。

問題は、その話の内容だ。

「マルクプス公爵の話では、近々、ミルデンブルク帝国がこの国に侵攻してくるということでした。それを聞いたアンドレイ兄上は、どう対処するべきか悩んでおられました。もし本気でミルデンブルク帝国が攻めてくれば、ファルスフォード王国は壊滅してしまいますから」

ミンデンブルク帝国は強大だ。未開発の森林やアブルケル連峰を抜けるのに犠牲は出るだろうが、それでも大軍を率いて来られたら、こちらに勝ち目はない。

「しかしそこで、マルクプス公爵がとんでもない事を言い始めたのです。彼はミルデンブルク帝国から、ファルスフォード王国が抵抗せずに屈服するなら、その後はアンドレイ兄上様に統治を任せるという条件を提示されたのだ、と……」

俺の隣でリリアーヌが息を吞む。

公爵ともあろう者が、国を裏切ろうとしているのだ。その反応も頷ける。

そんな彼女を見ながら、ユリアナ殿下は言葉を続ける。

「アンドレイ兄上は考えた末、その条件を吞みましたわ。そしてマルクプス公爵は、帝国軍が王都まで侵攻しやすくするため、そして属国となった後に地方貴族が帝国に反旗(はんき)を翻(ひるがえ)さないように、地方貴族の財力を削ることを提案したのです」

なるほど、それがあのふざけた税の正体か。

アンドレイ殿下としては、ファルスフォード王国の玉座は、何としても欲しいと思っていることだろう。

帝国の属国という状態で王になってもいいのか、とは思うが、それでもファルスフォード王国の頂点に自分が立ちたいのだ。

「殿下、話してくださりありがとうございます。二人は何か、物理的な証拠になりそうなものは準備していましたか？」

オルトビーンの言葉に、俺はハッとする。

確かに何か証拠がないと、今の話だけでは二人をどうこうすることはできない。

するとユリアナ殿下は、力強く頷いた。

「マルクプス公爵は、アンドレイ兄上が了承したことをミルデンブルク帝国へ報せる必要があると言って、証文のようなものをいくつか書かせていましたわ」

なるほど。もちろん帝国には送っているだろうが、マルクプス公爵の手元に残っている可能性もあるな。

それを見つけられれば、確実な裏切りの証拠になる。こちら側で押さえておきたいな。

「それから、もしファルスフォード王国がミルデンブルク帝国の属国になった時には、私はミルデンブルク帝国の貴族と政略結婚させるとも話していました」

ユリアナ殿下を使ってミルデンブルク帝国との絆（きずな）を強くするつもりか。よくある政略結婚ではあるが……

「私も王家の人間です。政略結婚する運命は受け入れていました。しかしミルデンブルク帝国の属国になるのが嫌で、誰かに相談したかったのです」

オルトビーンはゆっくりと、ユリアナ殿下に質問する。

「このことは陛下や宰相閣下に相談しなかったのですか？」

「私が廊下で立ち聞きしたことを、陛下や宰相閣下に相談できましょうか。もし相談してお二人が信じてくださったとしても、問い詰められたアンドレイ兄上とマルクプス公爵は違うと否定するでしょう。何も証拠がないのですから」

確かに、陛下とグランヴィル宰相は信用してくれると思うが、物理的な証拠がない以上、対処のしようがないだろう。

オルトビーンは難しい顔をして考え込んでいる。

「とりあえず、陛下と宰相閣下のお耳には入れておいた方がいいでしょうね」

ユリアナ殿下は哀しそうな表情で俺達を見る。

「陛下と宰相閣下は、本当に私の話を信じてくださるでしょうか？」

オルトビーンは顎(あご)に手をやる。

「そうですね。国土特別税法については、陛下も宰相閣下も不自然に思って調べてはいるようです。ですからお二人とも、ユリアナ殿下のお話を信じてくださると思いますよ」

ユリアナ殿下は安堵したように胸をなでおろす。

「それでは、私から陛下と宰相閣下に相談してみます。オルトビーン、リリアーヌ、エクト伯爵、私に勇気をくれてありがとう」

「とんでもございません。こちらこそお話しくださってありがとうございます」

俺が頭を下げていると、オルトビーンがリビングの床に転移魔法陣を書く。

「今日は私が転移で王城へお戻しいたしましょう。明日にでも陛下と宰相閣下に相談してみてください。私も同行いたします」

「オルトビーン、世話になります」

ユリアナ殿下とオルトビーンは転移の魔法陣で王城へと転移していった。

閑話　新領主のオークの集落討伐

俺、ベルドの傷が癒（い）えた頃、領都グレンデから、百名の兵士が城塞都市ボーダに派遣されてきた。

父上が、ポーションと資金を兵士に持たせてくれたので、これで安心だ。

冒険者ギルド支部に借用していた魔獣の肉代を支払い、借金がなくなったところで、今後のことについて改めて決めることにする。

そもそも俺達が間違っていたのは、未開発の森林に入り高ランク魔獣を相手にしたことだ。

そのため、まずは兵士達に命令を出す。

「これからは、オークよりも強い魔獣が出た時には、即時撤退すること。これは厳命である」

これ以上負傷者が増えたらたまらないからな。

俺の言葉を聞いて、兵士達の表情が安堵の色に染まる。

始めからこうしていれば良かったのだ。

さっきまでの俺は、エクトを超えようと急ぎすぎていた。

まずは未開発の森林に調査の方が先だったな。

しかしアハトは、そんな俺の態度に不満があるようだ。

「兄上、ボーダに来てから、随分と気弱になったたな」

「気弱になったんじゃない。未開発の森林を体験して学んだんだ」

「そんな調子では、エクトを超えられないじゃないか」

　俺だって、エクトを超えたい。

　しかしこれまでのように兵士達に負傷され続けると、赤字になってしまうのだ。

　それだけは避けたい。

　そんな話をアハトとしていると、兵士の一人が尋ねてきた。

「未開発の森林の中にオークの集落があったという報告もありましたが、どういたしますか？」

「オークが相手ならば狩ればいいだろう。準備が整い次第出発だ」

　集団といってもたかがオーク、臆することはない。

　なにせこちらには百五十名の兵士達がいる。大した怪我もせず、物量で圧倒できるだろうからな。

　準備を終えた俺達は、オークの集落まで歩いていった。

　見えてきた集落は、それなりに巨大だった。

　オークは百体ほどいそうだが、これを狩って冒険者ギルド支部へ持っていけば、良い金儲けになるのではないか。

　アハトが兵士達を指揮する。

「抜剣！　俺に続け！　オーク一体につき、必ず兵士三名で対応しろ！」

　アハトを先頭に百五十名の兵士達が、オークの集落へ襲いかかる。

「ブゥファァアアーー！」

オーク達がこちらに気付いて咆哮をあげ、戦闘が始まった。

オーク達が振るう斧を、兵士二人がいなし、できた隙に兵士一人が止めを刺す。

素晴らしい作戦だ。

しばらく集落の外側で戦っていると、小屋の中からオーク達が続々と出てきた。

これは……百体どころではないぞ。二百体はいそうだ。

三人一組も崩れ始め、乱戦となっていく。

これはいかん。

「兵士達よ。落ち着け。魔獣といってもオークだ。落ち着いて三人一組の編成で戦えば必ず勝てる。編成を変えるな！」

そんな俺の指揮で、兵士達は必死で三人一組に戻り、オークを倒していく。

アハトは得意の風魔法《風刃》《風竜巻》で、俺は火魔法の《爆裂》でオークを吹き飛ばす。

おそらく俺達の魔法による援護なしでは、兵士達はやられてしまっていただろう。それに、ポーションがあるおかげで戦線に復帰できるのも大きい。

永遠に続くかと思われた戦いだったが、徐々にオークは数を減らしていた。もう残りは三十体くらいだろうか。

このままいけば勝てる！

俺はそう勝利を確信して笑みを浮かべた——その時だ。

突然、一部のオークが魔法《火球》を放ってきた。

まさか、魔法を使えるオークがいたなんて！

魔法への備えをしていなかったため、数名兵士が負傷してしまった。

俺は咄嗟に《爆裂》を放ち、そのオークを倒す。

普通の集落で、魔法を使うオークがいるとは……異常があるんじゃないか？

そう疑問に思った瞬間、集落の中心から甲冑を着けたオークが三体現れた。

どいつも体長三メートルほどある……ということは、オークの上位種か。

すぐに《爆裂》を命中させるが、特にダメージを食らった様子はない。

まずいな、かなり強そうだ。

「ブゥファアアーー！」

焦る俺達に向かって、上位種が咆哮する。

すると、辛うじて息があったオーク達が立ち上がり戦い始めた。

これはいかん。いかんぞ。

俺は剣を抜いて上位種の一体へ向けて突撃し、甲冑の間の隙間を狙って剣を突き立てる。

「ブゥファアアーー！」

よし、剣は通る。

周囲を確認すれば、アハトはオークの上位種二体を相手に奮戦していた。

《風竜巻》ではオークの巨体を吹き飛ばせないが、《風刃》は甲冑の隙間を縫って上手くダメージを与えているようだ。

「ブゥファアアーー！」

しかし最悪なことに、オークの上位種が咆哮する度に、力尽きかけていたオーク達が立ち上がってくる。

しかも倒れる前より強くなっているのか、兵士達が押され始めていた。

幸いにも死者は出ていないようだが、戦えなくなり、後方に移動した者も多い。

そんな中、俺とアハトはオークの上位種三体を、甲冑の隙間からダメージを与え続け、やっとの思いで倒した。

よし、これでようやく終わりか。

そう安堵した時――オークの集落の中央にある大きな家が、突然吹き飛んだ。

そしてその中から、体長五メートルほどある、フルプレートの甲冑を着込んだオークが現れた。

何だあれは？　まさかオークの最上位種か！

「ブゥファアアーーー！」

最上位種は、怒りの滲んだ咆哮をあげる。

俺も含め、その咆哮を聞いた者は一瞬だが体が動かなくなる。

兵士達は及び腰で、最上位種からじわじわと離れていく。

俺とアハトは魔法を放つが、最上位種は気にした様子もなかった。

まずい、どうやっても勝てる気がしない。

「兄上、ここは撤退しましょう」

アハトの言葉に、俺は頷く。

ここで犠牲者を出すわけにはいかないからな。

しかし、あと一歩だったのに。

「撤退！　全員撤退！　負傷者を回収して撤退だ！」

悔しさを噛み締めながら、俺は撤退の号令を出すのだった。


幸いにも、最上位種は撤退する俺達を追ってくることはなかったため、一人の死者も出すことなくボーダまで撤退することができた。

しかし負傷者が多く、オークの死体を回収できなかったこともあって、完全に働き損だ。

手持ちのポーションも足りなくなったため、冒険者ギルドへと向かう。

そこで知ったことだが、魔法を使ったオークはオークメイジ、三メートルほどのオークはオークジェネラル、そしてあの巨大なオークはオークキングらしい。

オークの集落を攻める前に、どんな魔獣が出てくる可能性があるか、情報を集めておくべきだった。

結局ポーション以外にも、ギルドが持っていたオークの肉を購入することになったので、財政的にも大赤字だ。

領地経営というのは、なかなか上手くいかないものだ。

第7話　グランヴィル宰相からの緊急要請

ユリアナ殿下と共に王城に向かったオルトビーンは、すぐに戻ってきた。

そしていつになく険しい顔で、俺に向かって口を開く。

「エクト、今すぐ宰相閣下の所に行くよ。エクトを呼んでいる」

リリアーヌが俺の腕を掴む。

「今回の件、私も聞いてしまいました。無関係ではいられませんわ。連れて行ってくださいませ」

オルトビーンが静かに頷くと、リリアーヌは安堵の表情を見せる。

それから俺達三人はすぐに、王城へと転移する。

今回も前回同様、庭の一部だ。

グランヴィル宰相の執務室まで真っ直ぐ向かって中に入ると、宰相は待ち構えていたかのように立っていた。

リリアーヌが駆け寄っていく。

「おじい様、会いたかったですわ」

「おお、リリアーヌよ。よく来たな」

「こんな事態ですもの、来るに決まっていますわ……ユリアナ殿下は？」

「今は部屋で休んでおられるよ」

そこまで言って、グランヴィル宰相が鋭い目で俺を見る。

「エクトよ、今回のアンドレイ殿下とマルクプス公爵の件、口外は許されん。これは陛下の命である」

「わかりました。口外厳禁にいたします」

俺が頷くのを確認したグランヴィル宰相が背中で腕を軽く組む。

「私も陛下も、国士特別税について調べていた。アンドレイ殿下はミルデンブルク帝国に対抗する為と言っているが、王都に金を集めたとて、兵士を一気に大量に増やすことはできないから、軍事的に対抗するのは不可能だ。殿下もそのことはわかっているはずだから、明らかに何か他の目的があるはずで、それを唆した者がいるだろうと推測していたのだが……その誰かというのが確信できなかった」

そこまでグランヴィル宰相もわかっていたのか。

「なんとなく予想はしていたのだがな。しかしユリアナ殿下の話のおかげで、予想が確信に変わった。裏で糸を引いているのはマルクプス公爵であるとな」

そこまで言って、グランヴィル宰相はため息をつく。

「そしてその狙いもわかったが……しかし、証拠がない。ユリアナ殿下が廊下で聞いたというだけだ、不敬を承知で言わせてもらえば、ただの聞き間違いかもしれない。ああ、もちろんユリアナ殿下は信頼に値するお方だ。それに話の内容も、現状を思えば納得できるものだ」

「ですが、物的証拠がない以上は、だからアンドレイ殿下もマルクプス公爵も罰することもできない……というわけですね」

俺の言葉に、グランヴィル宰相が頷く。

「ああ。しかし近々、国土特別税法そのものは、陛下の命で廃止されることになる。貴族審議会が通した法は、王国の法としての効力を持つが、明らかに国益にかなわない場合は陛下の権限で廃止できるのだよ」

「え、そうなんですか？　それじゃあ、俺が審議会に抗議しに行ったのって無意味だったんじゃ？」

というか、あの時に教えてくれててもよかったよね？

俺が目を見開いていると、グランヴィル宰相は首を横に振る。

「いや、それはそれで、色々と制約があるのだ。だから伯爵であるエクトの抗議で状況が変われば、とも思っていたのだよ」

……まぁ、結果的に廃止にできるのだったらいいんだけどさ。

「しかしエクトにはすまないことをした。今回領土を奪われて損な目に遭ったのはエクトだ、申し訳ない」

グランヴィル宰相が謝罪してくる。

「特別税が国益にかなわないとなれば、抗議への処罰としての領土没収も不適切ということになる。エクト次第だが、城塞都市ボーダ周辺の土地を元通りエクトの領土に戻すこともできるが……」

そう言われるが、俺は首を横に振る。

「いえ、もう今の場所で城塞都市を作ってしまいましたし、このままでいいです。アブルケル連峰に近いほうが、ミルデンブルク帝国を監視しやすいですから」

未開発の森林とアブルケル連峰さえ領土にあれば問題ない。

「ミンデンブルク帝国か……」

「はい。かの帝国の兵士が、アブルケル連峰からこちらを偵察していたという情報を掴んでいます。そして、軍事演習らしき動きをしていたのも、この目で確認しています」

「なんと！　ミルデンブルク帝国は既に国境付近に兵士達を置いているというのか！」

「おそらく。軍を置いているかどうかは未確認ですが、兵が集まってきていることは確かです」

グランヴィル宰相は険しい顔で、どうすればいいのか考えているようだ。

敵国が国境を越えてくるかもしれないのだ。対策を立てたいのは当然なことだよな。

そんな彼を安心させるように、俺は言葉を続ける。

「ご安心ください、山頂に長城を築いており、今後は大砲も百門用意するつもりです。もしミルデンブルク帝国がこちらに来ようものなら、迎撃する予定です」

俺の言葉を聞いて、グランヴィル宰相は目を見開いた。

「もう、そこまで準備しているのか。それでは国境警備についてはエクトに任せよう。そのように陛下に報告しておく」

「はい。お任せください」

兵糧などの心配がないという前提があれば、戦いは高地にいる方が有利だ。そして一般的に攻城戦では、攻撃側は守兵の三倍の兵士が必要だと言われているほど、防衛側が有利である。

もちろん、相手が圧倒的な兵士数を用意すれば話は別だが、険しい山を登ってくるのは並大抵のことではないし、当然向こうとしても余計な損耗は抑えたいはずだからな。

おっと、今はもっと重要なことがあったな。

「それよりも、アンドレイ殿下とマルクプス公爵を罰するためには証拠が必要なんですよね。ユリアナ殿下の話にあった証文は証拠になりますか？」

「ああ。誰かが勝手に証文を偽造したと言い逃れされる可能性もあるが、ないよりはあったほうがいい。問題はどうやって手に入れるのか、だが」

俺の質問に、グランヴィル宰相は頷いた。

よし、それならマルクプス公爵の邸に忍び込んでみるか。

おそらく彼は帝国と繋がっているだろうから、証文以外にも何か証拠が出てくるかもしれないからな。


リリアーヌはグランヴィル宰相のもとに泊まるということで、俺とオルトビーンはいつも利用している宿にやってきた。

そして夕食も済ませ、街も寝静まったところで、俺は立ち上がる。

オルトビーンはソファーに座ったまま、俺を見上げてきた。

「本当にやるのかい？　やっても意味がないかもしれないよ」

「意味ないかもしれないし、違う掘り出し物が出てくるかもしれないし。やってみても損はないと思うんだ」

「わかった、俺も手伝うよ」

オルトビーンは笑みを浮かべて立ち上がった。

それから俺達は宿を出て、王都内のマルクプス公爵の邸へと向かう。

泊まっていた宿が貴族街に近かったこともあって、すぐに邸は見つかった。

邸の外壁を、オルトビーンの風魔法《飛翔》で飛び越えて中に入る。

そして地面に両手を着けて《地質調査》をすると、案の定、地下に隠し部屋を見つけた。

俺はオルトビーンに向けて笑いかける。

「オルトビーン、当たりだ、ちょっと行ってくるよ。後のことはよろしく」

「わかった、この辺り一帯に《隠匿》をかけておくよ。だから誰にも見つからないはずさ」

「《隠匿》？」

「ああ、一定範囲の中で起きたことを、外からわからなくする魔法さ。誰がいるかも見えないし、音も響かないようになってる」

「へぇ、そんな魔法があるのか、知らなかったよ」

「賢者である俺にしか使えないからね……さぁエクト、行って」

俺は一つ頷くと、土魔法で足元の土を移動させて通路を作りつつ、地下に潜っていく。

そして隠し部屋の前まで来たところで、壁になっていたレンガの一部を移動させ、中に入った。

俺自身は明かりを灯す魔法が使えないため、部屋にあったランタンに火をつける。

そこまで広い部屋ではないが、テーブルの上には沢山の書物やら、書類やらが置かれていた。

その書類を一枚手に取り、中身を確認する。

「これは各貴族の私産報告書か。そこまで調べていたのか。俺の所は……何も書いてないな。調べきれなかったようだな」

一応、この報告書も持ち帰っておこう。俺はリュックの中に報告書を入れた。

それから書類を物色していくが、探しているモノ――マルクプス公爵が帝国と繋がっている証拠になりそうなものは見当たらない。

そりゃ、テーブルの上に放置されているわけないか。

さて、重要な書類といえば、普通は金庫の中に入っているはずだけど、ぱっと見には金庫は置かれていない。

だが、絶対にどこかにあるはずだ。

そう思って再び《地質調査》をすると、本棚の後ろに金庫を発見した。

なるほど、隠し金庫か。

本棚を横にスライドさせると、大きな金庫が現れた。

土魔法で操った土で金庫の鍵を破壊して開くと、中には光金貨の入った革袋が三つ置かれている。

こんなに金があるなんて、さすが公爵だな……隠し金庫に入っている時点で、汚い金の臭いがするけど。

他にも封筒が入っていたため手に取ると、どれも蝋で封をされている。

全部で五つか。

俺は全ての封筒と、ついでに光金貨の革袋三つもリュックの中に入れて、金庫を閉める。

本棚も戻しておいたが……結構書類を物色したし、もし公爵が部屋に入ったらバレるかもしれないな。

もちろん俺が犯人だとわかるような証拠は残していないが、何かしらアクションを起こされるかもしれない。時間との勝負だな。

壁を綺麗に元に戻し、通路も土で埋めながら、地上に戻る。

地面から出ると、オルトビーンが待っていた。

「早かったね、目的のモノはあったかい？」

「封蝋されてるから中身は見ていないけど、たぶん当たりを持ってきたと思うよ」

「それじゃあ、帰ろうか」

俺とオルトビーンは静かに邸を後にして、自分達の部屋に戻ってきた。

リュックの中から五つの封筒と、光金貨が詰まった革袋三つを置く。

オルトビーンはそれを見て、不思議そうな顔をする。

「それは？」

「光金貨が詰まっていたんだ。どうせ汚い金だろうから貰ってきた」

「やれやれ、それじゃあ泥棒と変わらない……って、今さらか。まあいいや、封筒を確認していこうか」

オルトビーンは封蝋を壊さないように、細心の注意を払いながら開けていく。

それぞれ、封筒の中身はこうなっていた。

王国が降伏しアンドレイ殿下がファルスフォードの最高権力者になった時、マルクプス公爵に実権の半分を渡すというもの。これにはアンドレイ殿下のサインがしてあった。

他の四つは、ミルデンブルク帝国とマルクプス公爵の密約が書かれた手紙だった。

ミルデンブルク帝国がファルスフォード王国の侵略に成功した暁には、マルクプス公爵の身分を保証すること。

ミルデンブルク帝国の貴族のもとに、ユリアナ殿下を嫁がせること。

帝国と王国の戦が始まる前に、マルクプス公爵が王国の国力を削ぐこと。

そして、マルクプス公爵がミルデンブルク帝国に忠誠を誓うという内容まであった。

公爵のサインもバッチリ残っている。

俺もオルトビーンも、余りの酷さに呆れてものが言えないほどだった。

「……これだけ、マルクプス公爵とミルデンブルク帝国とが繋がっている書類があればいいだろう。これでマルクプス公爵を拘束できるかな？」

「それは分からないな。偽造されたものと言い張るかもしれない」

俺の言葉に、オルトビーンは首を横に振る。

そうなんだよな。どれも強力な物的証拠だが、口ではどうにでも言い訳ができる。

サインや封蝋なんて、そう簡単に偽装できるものではないけど、ゴネられたら厄介だ。

「だが、うまく使って本人に尋ねれば、ボロが出るかもしれないだろう？　とりあえず、グランヴィル宰相にも報告しないとな」

「そうだね。だけど夜が明けるまでまだ少しある。仮眠をとってから王城に向かおう」

そう言ってオルトビーンはベッドに横たわる。

そしてすぐに、寝息が聞こえ始めた。

さて、明日はいよいよマルクプス公爵と直接対決だ。


翌朝、目を覚ました俺とオルトビーンは、公爵邸から持ってきた証拠品をリュックに入れて、グランヴィル宰相の執務室を訪れた。

迎え入れられた俺達は、証拠の品々を執務室のテーブルの上に載せていく。

グランヴィル宰相は一瞬驚いた顔をしていたが、すぐに落ち着きを取り戻すと、証拠の品を手に取り、一つ一つ封書を開けて、中の書類を吟味していた。

「……この書類はどこにあったのだ？」

「マルクプス公爵邸の地下にある隠し部屋です。重要な書類と思い、盗んできました」

俺は正直に話す。

「どうやって地下の隠し部屋に入ったのだ？」

「土魔法を使って、少しだけ……」

俺の言葉に、グランヴィル宰相はため息をつく。

「エクトも大胆なことをするな。しかし確かに重要な証拠だ。封蝋も押されているし、中にはマルクプス公爵とアンドレイ殿下のサインもある」

「この書類でも、まだ足りませんか？」

俺の言葉に、グランヴィル宰相は首を横に振った。

「本人達が認めれば立派な証拠となるが、偽造されたなどと言い出した場合、言い切られて逃げられる可能性もある。相手はアンドレイ殿下とマルクプス公爵だからな」

やっぱりそうか。

一人は王家の長男、もう一人は王都の貴族達を束ねる貴族審議会の議長だ。

グランヴィル宰相の後押しがあるとはいえ、伯爵になりたての俺では、信用が足りないだろう。

グランヴィル宰相は厳しい顔で顎に手を持っていく。

「陛下も私も、貴族審議会に顔を出さないというのが暗黙のルールとなっているが……マルクプス公爵を裁くためには、審議会に行く必要があるな」

「どうしてですか？」

「仮に内々に公爵を処分した場合、私が政敵を嵌(は)めたと思われる可能性があるのだ。公的な場で証拠を突きつけ、本人の口から罪を認めさせれば、その疑惑も薄れる」

なるほど、そういうことか。

俺が納得していると、グランヴィル宰相は改めて俺を見る。

「エクト、この書類を全て貸してくれないか？　これより陛下の元へ参って、この書類をお見せして、相談しなければならん」

「もちろん、問題ありません」

「陛下と私が相談している間、オルトビーンとエクトは貴賓室で待っているがよい。それほど時間はかからないと思うが」

「わかりました。お待ちしております」

俺とオルトビーンはグランヴィル宰相の執務室を出て、貴賓室でグランヴィル宰相を待つことにした。

オルトビーンがリビングのソファーにゆったりと座って紅茶を飲む。

「これで俺とエクトの仕事は終わりだな。後は陛下とグランヴィル宰相に任せておけばいいだろう」

「そうだな。後はどうなるか……」

俺はそう言って紅茶を一口飲んで、目をつむる。

うまく事が進めばいいんだがな。

しばらくすると、グランヴィル宰相が貴賓室へ入ってきた。

「エクト、オルトビーン。待たせたな。陛下と相談して決まったことを伝える」

俺とオルトビーンが立ち上がると、グランヴィル宰相は詳細を話してくれた。

「本来ならこれだけ証拠が揃っているのだから、陛下の命で捕らえ、尋問をすればいいのだが……

さっきも言った通り、アンドレイ殿下もマルクプス公爵も、そして彼らの派閥の貴族達も納得しないだろう。そこでエクトに一芝居をうってもらうことになった」

俺に？

疑問が顔に出ていたのか、グランヴィル宰相は頷く。

「エクトには貴族審議会へ出席してもらって、もう一度、国土特別税法について反対であることを表明してもらう。そうすればマルクプス公爵も議長として、エクトと対峙するしかない。そこで書類を取り出して、アンドレイ殿下とマルクプス公爵を追い詰めていけばよい。貴族審議会へは陛下も私も出席しよう。アンドレイ殿下も、偶然にも今日は審議会の視察に出ているようだからな」

なるほど、やはり公の場で断罪するのが一番いいというわけか。

「追い詰められたアンドレイ殿下とマルクプス公爵がどういう言い訳をするのか見極めたい。それ以外の貴族の動きによっては、貴族審議会を潰すことも考えている」

貴族審議会を潰すと聞こえたような気がしたんですが。

「今の貴族審議会は、ほとんどが公爵の言いなりで、甘い蜜を吸っている者ばかり。当然、地方貴族からの評判も悪く、対立しがちだ。であれば、マルクプス公爵を排除するのと同時に、組織ごと一度潰した方がよい」

「陛下は覚悟を決められたのですね」

「ああ、陛下も今回は大鉈を振るうつもりでいる。エクトも陛下の決断を見ているが良い」

俺は黙って深く頭を下げた。

そんな俺に、オルトビーンが気軽に声をかけてくる。

「最後の大役が回ってきたね。俺は何もできないけど、エクト、頑張ってね」

「ああ。ここが正念場だな」

グランヴィル宰相が深く頷く。

「よし。陛下も私も用意はできている。エクトも問題がなければ、今からでも審議会に乗り込もう……この鞄(かばん)の中に、先程の書類が入っている。持っていくがよい」

「わかりました。そういたしましょう！」

俺はグランヴィル宰相に頭を下げて鞄を受け取り、貴族審議会の議場へ向かった。

この前は負けたが、今度こそ勝ってみせるぞ。

マルクプス公爵、待っていろ！

第8話　貴族審議会

貴族審議会の議場の前で、俺は深呼吸をする。

手に持つ鞄の中には、証拠となる書類の束。俺は気合いを入れて、議場の扉を開けた。

突然の乱入者に、会議中だった貴族達は目を見開いてざわめいている。

今日のメンバーは先日とそう変わりないが、一点だけ、違うことが。

マルクプス公爵の座る議長席の横に、見知らぬ男性が座っていた。

随分といい身なりだし、おそらくあれがアンドレイ殿下だ。

俺は周囲の貴族達の反応をスルーして、壇上を目指して歩いていく。

「エクト・グレンリード伯爵、一体何をしに来た？　ここは貴殿の来る場所ではないぞ」

立ち上がってそう言うマルクプス公爵の顔を見ながら、俺は議場の中央にある壇上に上った。

「再度、国土特別税法についての具申に参りました。どうしても再考していただけないでしょうか？」

「あの法案は既に成立したのだ。これ以上審議をすることはない」

俺の言葉を、マルクプス公爵は鼻で笑う。

「どうしてあの税が必要なのでしょうか？　貴族達の私産や領地運営費の五割を徴収すれば、領地経営が立ち行かなくなります。それはファルスフォード王国の弱体化を意味するのではないですか？」

「何度でも言うが、隣国ミルデンブルク帝国に対抗するべくこの国の国力を上げるため、アンドレイ殿下がご提案された法案だ。貴殿が口を挟むものではない。それに、地方の財政に余裕があることは調査済みだ」

財政に余裕があるか調査済みだって？

本当かどうかも疑わしいな。

それにそもそも……

「徴収される立場なのです、口を挟ませていただきます。それに、おかしいと思いませんか？　貴族達が疲弊するのはわかりきっているのに、それがファルスフォード王国の国力を上げることに繋がるとは思えません。むしろ王都までの守りとなる地方貴族を疲弊させて王都に金を集中させて、どうやって隣国に対抗されるのですか？　そこを教えていただかないと納得できません」

そう、アンドレイ殿下がどうやってミルデンブルク帝国に対抗するのか、具体的な内容は一切明かされていないのだ。

俺の言葉に、マルクプス公爵が激昂する。

「ええい、控えろ！　アンドレイ殿下の御前であるぞ！　控えろ！」

「いいえ、控えません。アンドレイ殿下にお聞きします。軍事強国であるミルデンブルク帝国に、どのように対抗されるのですか？　教えてください！」

マルクプス公爵の隣に座っていたアンドレイ殿下が顔を真っ赤にする。

「新参者の伯爵のくせに、私の言葉に納得できないというのか。不敬罪に処すぞ！」

「別に侮辱したわけでもありませんし、質問すらも許さないのでしょうか？　私はどのようにしてミルデンブルク帝国に対抗されるのかお聞きしているだけですが」

俺の言葉に、アンドレイ殿下は苦々しい表情になる。

「……それは今、マルクプス公爵と共に議論中だ。内容については秘密事項であるので話すことはできん。これで答えたぞ、満足か？」

「ではまだ対抗策は決まっていないと！　対抗策も決まっていないのに、先に資金のほうだけ調達したということですか？　話、おかしくないですか？　それで貴族の方々もよく賛同しましたね！」

すると、これまで黙っていた貴族達が騒ぎ始めた。

概ねが、俺を罵倒するような内容だ。

「アンドレイ殿下の指示に従うのは貴族の務めだろう！」

そんな叫び声まで聞こえてくる。

それじゃあただの言いなりじゃないか。そもそも貴族審議会って、王族の暴走を止めるという側面もあるんじゃなかったか？

俺はため息をつき、再び声を上げる。

「みなさん、落ち着いてください！　対抗策もまだ考えておらず、金策のためだけに施行された法案ならば、即刻取り下げるべきです。対策ができてから発表し、そのうえで法案を審議すればいいじゃないですか。順序がおかしいと思いませんか？」

俺はそこまで言って、アンドレイ殿下を見つめる。

「本当にアンドレイ殿下が考えられたことですか？　誰かから提案されたことではないのですか？　このようなやり方、聡明なアンドレイ殿下の考えられることではないと思うのですが？」

アンドレイ殿下に一瞬視線を向けられて、マルクプス公爵は小さく首を横に振る。

それを確認したアンドレイ殿下は、俺を睨んでくる。

「私が自分で思案して提案した法案に決まっているではないか！」

いや、今めっちゃアイコンタクトしてなかった？

「どうも私から見ると、そう思えないのですが。たとえば……マルクプス公爵に提案されたとか」

マルクプス公爵が椅子から立ち上がって俺を睨み付ける。

「私がアンドレイ殿下に入れ知恵したと、そんな不敬なことをしたと、そう言うのか。証拠もないのに人を愚弄するのはやめろ！　失礼なことを言うな！」

「それは失礼いたしました。お詫び申し上げます……ともかく、国土特別税法については再考をお願いしたい」

「正式な審議の上で可決された法だ、既に施行の準備に入っている。決定は覆ることはない」

「まだ具体的な対抗手段を思案中なんですよね。それであれば、一度廃案にして、再度審議すればいいではないですか」

貴族達の間のざわめきが大きくなる。

さすがにこれ以上公爵に組するのはまずいと勘付いたのか、俺に賛同しようとしている者もいるようだ。

俺は畳みかけるように言葉を続ける。

「今、国土特別税法を施行すれば、ファルスフォード王国は確実に疲弊します。そうなると隣国のミルデンブルク帝国が喜ぶだけです。そのことはご理解いただけるはずです」

俺の言葉を聞いてアンドレイ殿下もマルクプス公爵も押し黙る。

「せめて具体的な対抗策が決まっていて、その上でお金が足りないから集める、という手法なら納得もできるのですが……このままでは、ミンデンブルク帝国の得にしかならないと思いませんか？」

いつの間にか貴族達も静かになり、俺の言葉に耳を傾けている。

さて、そろそろ証拠を出していく時間だな。

俺は壇上に鞄を置くと、中から大量の書類と封書の束を取り出して、にっこりと笑う。

するとマルクプス公爵が、わずかに震える指で俺を指差してきた。

「その書類の束と封書は何だ？　何のために用意したのだ？」

もちろん、お前達を追い詰めるためだよ。

「この書類の束と封書は、とある場所に保管されていたものです。貴族の皆様、この書類の束が何か気になりますよね」

俺がそう言って見回すと、うんうんと頷いている。

「これは、王国中の貴族の——つまりは皆さんの私産が詳細に書かれている書類なんですよ。誰かが秘密裏に調べたみたいですね」

貴族達は皆、理解が追いついていないようでぽかんとしている。

「これがあれば、国土特別税でどれくらい資金が集まるかわかるでしょうね。領地の運営費の方は、公的な書類でわかりますし」

貴族達は目を丸くしている。

そりゃそうだ、知らない間に、私産が丸裸にされていたのだから、驚きもすごいだろう。

マルクプス公爵が顔を真っ赤にして吠える。

「それをどこから持ってきた？」

「それは後でお教えしますよ。それよりも……こちらの封書の数々は何でしょうか？」

マルクプス公爵が机を掴んでいる両手がプルプルを振るえている。

「中を見てみますね。えーと、アンドレイ殿下がこの国を統治することになった際に、マルクプス公爵が実質的な最高権力者になる約束状ですね。お二人のサインも書かれていますね」

俺が貴族達に見えるように封書を掲げると、視線が一気に集まる。

アンドレイ殿下は顔を赤くして椅子から立ち上がると、俺を指差して唾を飛ばした。

「そんな書類は知らん！　私は見たことも、サインをしたこともない！」

「ああそうですか。ではそういうことで、次に行かせていただきます……こちらのふたつは、ミルデンブルク帝国がファルスフォード王国を属国とした際、公爵の身分を保障すること。そしてミルデンブルク帝国の貴族のもとに、ユリアナ殿下を嫁がせることが書いてありました。どちらにも、公爵のサインがあります」

マルクプス公爵が顔をゆでだこのように真っ赤に染めて、俺を指差して叫ぶ。

「そんな書類は知らん！　全てエクトが仕組んだことだ！　私は何も知らない！　見たこともない！」

貴族達の間で騒めきが起こる。「その書類は本物か？」「本物だったら大変なことだ！」なんて声が聞こえてきた。

「さて、残りのものですが……帝国と王国の戦が始まる前に、公爵が王国の国力を削ぐこと。そして、公爵はミルデンブルク帝国に忠誠を誓っているようですね？　これにもサインがあります」

「私は知らん！　見たこともない！　お前が偽造したのであろう！」

マルクプス公爵が身を乗り出して、俺を指差す。

「そうだ。エクト、貴様が全て偽造したに違いない。そんな書類、私は知らない！」

やっぱり偽造したと言ってきたか。これは想定内だ。

「それでは筆跡鑑定官に来てもらいましょう。そうすればハッキリします」

俺の一言で、アンドレイ殿下とマルクプス公爵の顔が青ざめる。

「私は知らん！　知らんと言ったら知らん！　私は何も知らん！　全てはマルクプス公爵から聞いたことにサインしただけだ！」

「アンドレイ殿下、何をおっしゃっているのです。アンドレイ殿下もご納得してサインされたではありませんか！　私だけのせいにするとは酷すぎる！」

あらら、内輪揉めまで始めたよ。

というかこれ、もう自白したようなものだよな？

俺が呆れていると、いつの間にか俺の隣にユリアナ殿下が立っていた。

「この内容は、アンドレイ兄上とマルクプス公爵がとある夜に兄上の部屋で密談をしていたのと同じ内容です。この書類は本物でしょう」

陛下が呼んだのだろうか？

ともかく、アリアナ殿下がこう宣言したことで、他の貴族達も信じたようだ。

アンドレイ殿下が顔を青ざめさせたままユリアナ殿下を見る。

「お前が何を知っているというのだ！　適当な嘘をつくな！」

「いいえ、アンドレイ兄上。私は、嘘はつきません。実際にこの耳で聞いたのですから……この命をかけてもかまいません」

アンドレイ殿下もマルクプス公爵も顔を真っ青にして、口をプルプルさせている。

議場の隅から声が上がった。

「全ての話は聞かせてもらった。これからは私が責任をもって処分を言い渡す。皆の者、我の話を聞け！」

陛下だ。

おそらく、俺が入ってきたのとは別の入口から入ってきたのだろう。

貴族達は白熱のあまり、全く気付いていなかったようだ。

陛下の隣には、グランヴィル宰相も立っている。

議場は静まり返り、静寂が耳に痛いほどだ。

そんな中、陛下が俺に問いかけてくる。

「この書類と封書はどこから持ってきた？　エクト・グレンリード伯爵よ」

「はい、マルクプス公爵邸の地下室と、その隠し金庫で見つけました」

横目で見れば、マルクプス公爵は目を見開いている。

陛下は満足げに頷いた。

「よくぞ、証拠を探し当ててくれた……近衛兵よ。アンドレイとマルクプス公爵の両名を捕らえ、地下室に連行しろ！　二人には色々と聞かねばならん。平行して、マルクプス公爵の邸も捜索するのだ！」

陛下の号令で、議場の外に控えていたらしき近衛兵がなだれ込んできた。

そしてアンドレイ殿下とマルクプス公爵はあっさりと捕まり、連行されていく。

俺は壇上から下りると、ユリアナ殿下の手を引き、議場を後にするのだった。


数日後、グランヴィル宰相の執務室で俺、オルトビーン、リリアーヌの三人はグランヴィル宰相から今回の顛末を聞いていた。

やはりマルクプス公爵はミルデンブルク帝国と通じており、アンドレイ殿下を唆したのだという。

そして殿下も、弟を確実に出し抜くため、誘いに乗ったのだ。

マルクプス公爵は、国家反逆罪として処刑。

公爵家は嫡男がいたため、男爵家に降爵され、存続している。嫡男は何も知らなかったようだが……取り潰されなかっただけよかったと言える。

アンドレイ殿下は、廃嫡のうえ幽閉と決まった。

あくまでも公爵に唆されただけだと主張していたそうだが……こちらも命があるだけましだろうな。

貴族審議会は予想通り、マルクプス公爵と癒着している貴族達が増えていたようだ。

マルクプス公爵の一派は徹底的に捜査されることとなり、貴族審議会は一度取り潰しとなった。

今後は健全化した貴族の組織を作るそうだが……俺には関係ないな。

今回の騒動の情報は、確実に帝国側にも伝わるはずだ。

その結果、慎重に動くために侵攻が先送りになるのか、あるいは思い切って行動を早めるのかはわからないが……

やはり長城を作っておいてよかったと、改めて思う。

ひと通り説明を受けたところで、グランヴィル宰相が立ち上がった。

「さて、そろそろ向かうか」

そう、書面でも済むような報告を受けに来たのは、この後の用事のためだ。

「陛下がこの度の働きに感謝して、エクトとリリアーヌに、褒賞を準備してくださった。既に準備しているものもあるが、それとは別に、自分達から希望があれば、それも許可されているので、考えておくように」

「わかりました。何でもいいんですよね」

「できるだけのことは叶えよう」

それを聞いた、俺、リリアーヌ、オルトビーンの三人は笑みを浮かべて顔を見合わせる。

もちろん、金や宝石などでもいいが……実は既に、何をお願いするかは考えてあった。

ミンデンブルク帝国が攻め込んでくるとすれば、最初に戦うことになるのはアブルケル連峰と未開発の森林を領地とする俺達だ。

長城などの備えもあるが、まだまだ足りないものは多い。

その足りないものを補うために、陛下にお願いしようと考えているのだ。

俺達も立ち上がり、グランヴィル宰相の後について、謁見の間に向かう。

グランヴィル宰相とオルトビーンは玉座の横に控え、俺とリリアーヌは膝をついて陛下が来るのを待つ。

そう時間をおかず、エルランド陛下が入室し、玉座に座る音がした。

「皆の者、面をあげよ」

俺とリリアーヌは顔をあげてエルランド陛下を見る。陛下は疲れている様子だが、顔はニッコリと微笑んでいた。

「エクト・グレンリード伯爵、リリアーヌ・グランヴィル、そなた達の働きに感謝する。これで腐敗した貴族審議会を正常化できた」

俺とリリアーヌは頭を下げる。

「この度の働きに、褒賞を与えたいと思っている。まずはエクト・グレンリード伯爵を陞爵（しょうしゃく）し、辺境伯に叙（じょ）する……ただ、このままではグレンリード辺境伯が二名になって、ややこしくなってしまうのでな。私から新しい家名を与えることも報酬の一つとしたい」

「ありがたき幸せです」

まさか新しい家名を与えられるなんて！

一度はグレンリードという家名すら失った俺にとって、これほど嬉しいことはない。

「それでは本日より、ヘルストレームを名乗るがよい。エクト・ヘルストレーム辺境伯だ」

「ありがたき幸せ」

ヘルストレームか、良い名前じゃないか。

「他に褒賞を与えたいと思うが、ヘルストレーム辺境伯は何かあるか？」

「兵士を二百名と、魔獣を調教するテイマーを希望いたします」

「ふむ、何に使うのだ？」

陛下は不思議そうな顔をして、俺に質問してくる。

「ミンデンブルク帝国が侵攻してくるとなれば、最初に矛を交えるのは、我が領土となります。そのため、できる備えはしておきたいのです」

「ふむ……本当にミルデンブルク帝国はアブルケル連峰を越えて侵攻してくると思うか？」

エルランド陛下はまだ半信半疑のようだ。今まで帝国がアブルケル連峰を越えてきたことはないし、その反応も仕方ないだろう。

「正直に申せば、可能性は半々か、それよりは高いと思います。マルクプル公爵を使った計画こそ失敗していますが、既に準備は進めているはず。少なくない金額も使っているでしょうから、何も行動を起こさないとは考えにくいです」

「ふむ、それもそうだな。わかった、兵士については融通しよう。テイマーはなぜ必要なのだ？」

その疑問ももっともだ。

「未開発の森林は魔獣が多い土地。テイマーがいれば、その魔獣を戦力として使えないかと思ったのです」

できるだけ実力のあるテイマーを仲間にしたい。

本当は、王都の冒険者ギルドで紹介してもらえないかと考えていたのだが、せっかくなら陛下から紹介してもらった方が、実力者が来るのではないかと思ったのだ。

「なるほど、面白い。そちらも紹介できるようにしよう」

「ありがたき幸せ」

これで俺の褒賞は終わりだ。

陛下は俺からリリアーヌに視線を移した。

「リリアーヌ・グランヴィルよ。そなたにも褒賞を与える。以前の褒賞の貸しも忘れていないぞ。何なりと言うがいい」

「陛下、お傍に行ってもよろしいでしょうか。内密で伝えたいのです」

リリアーヌはそう言ってニッコリと微笑む。

「ワハハハ、よいぞ」

リリアーヌは立ち上がって玉座まで歩いていくと、陛下の耳元に口を寄せる。

「……なるほど……そうか！　……わかった、必ず叶えよう！」

「ありがとうございます！」

リリアーヌはすごく嬉しそうに、満面の笑みで戻ってきた。

いったい何を褒賞に頼んだのだろうか？

陛下？　なぜ俺をそんな温かい目で見るのかな？

オルトビーン、肩を震わせて笑いを堪えていないか？

すごい気になるんだけど？

俺は思わずリリアーヌを見るが、彼女は笑みを浮かべるだけで何も教えてくれなかった。

閑話　新領主の城塞都市ボーダの防衛

あのオーク集落討伐戦は酷いモノだったと、俺、ベルドはため息をつく。

正直なところ、未開発の森林に対してトラウマを持ちつつある。

こうもうまくいかないことが続くと、心が折れそうだ。

俺は負傷から復帰した兵士達を集めて、今後について話をする。

「いいか、高ランク魔獣とは決して戦うな。戦っていいのは、オーク三体までだ。それ以上の強さの魔獣とは絶対に戦うな」

俺の指示を聞いて、兵士達から安堵の声が聞こえる。

初めからこうしておけばよかった。

しかし邸に帰ってから、アハトは不満そうな顔をして、両腕を胸の前で組む。

「兄上はビビり過ぎなのだ。あのオークキングとは戦わず、他の魔獣との戦いで慣れていけば、未開発の森林も開拓していけるはずだ。エクトでさえできたんだぞ」

こいつもオークキングとは対峙していたはずだが、大怪我を負っていないからこんなことが言えるのだ。

確かにエクトのことを考えれば悔しいが、これ以上負傷兵の治療のために資金を支出することはできない。

「エクトがこのボーダを出る時に、ついていった村人達がいるんだろう？　そいつらが強かったからこそエクトでも何とかなっただけだと思わないか？　その村人がいないなら、無理なものは無理だ。俺達自身の力も足りていないだろう」

それを聞いたアハトはムッとした表情になる。

「俺は兄上のような腰抜けとは違う。兵の中から精鋭を十名ほど借りて、未開発の森林へ魔獣討伐に行ってくる。兄上は城壁の中に隠れていればいい」

腰抜けとまで言われると頭に血がのぼりそうになるが、ここは我慢だ。

「……ああ、俺は負傷した兵士達の治療に専念し、残った兵で城壁を守っていよう」

俺の返事を聞いたアハトは、何も言わずにドシドシと歩いて邸から出ていってしまった。

アハトは短気でプライドが高いが、体格はガッシリしていて、風魔法も使える。低ランク魔獣なら負けることもないだろう。

俺は城塞都市を守るのが領主として第一の仕事だから、未開発の森林の魔獣にばかり時間を裂くわけにはいかないというのもある。

というわけで今日は、住民達の暮らしを見て回ろう。

邸を出た俺は馬に乗って、城壁の内側を視察する。

ゴーズ地区と呼ばれているエリアへ向かうと、地区長のダイスが声をかけてきた。

「領主様ではないですか。今日は未開発の森林への魔獣討伐には行かれないのですか？」

「ああ、たまには住民達と交流を図りたいと思ってな。農耕地は順調なようだな」

「はい。エクト様が領主だった時に、村の土を良くしてくださったので、栄養たっぷりなんです」

なるほど、エクトは土魔法士だったたな。

レンガを作るくらいしか能がない魔法だと思っていたが、土魔法も使えるではないか。

エクトに助けられているようで悔しいが。そこは我慢だ。

ダイスは嬉しそうに言葉を続ける。

「この城壁もエクト様お一人でお作りになられたものです。エクト様は良くしてくれたと思っております」

「……なぜそんなことを俺に言うんだ？」

「え！　領主様はエクト様の兄上様ではないですか！　エクト様の功績を褒めてあげてください」

俺としては、土魔法士のエクトが褒められること自体が我慢ならない。

しかしここでダイスを怒鳴りつけても仕方ないので、気持ちを落ち着かせて答える。

「エクトは良くやっていたのであろうな。しかしこれからは俺が領主だ。俺がエクトよりも素晴らしい城塞都市にしてみせるからな」

「期待しております」

ダイスがペコリと頭を下げるのに背を向け、俺はイライラしながら邸に戻るのだった。

邸のリビングで寛いでいると、城壁の上で見張りをしていたはずの兵士が顔を青くして邸に駆けこんできた。

一体何があったんだ?

「報告いたします。アハト様と精鋭部隊が、トロル三体に追われながら城壁に向かってきているようです。どういたしましょう?」

アハトめ。高ランク魔獣に手を出したのか!

今戦えるのは、城壁を守っている兵士達全員を集めても五十人ほどしかいない。

トロル一体あたりに二十名にも満たないとなると、かなり苦戦しそうだ。

「……アハトを助ける。城壁を守っていた兵士は全員門に集まれ!」

俺は今動ける兵士達を連れて、アハトを助けに行く。

相手は鈍重なトロル。アハト達は徐々にトロルとの距離を引き離していたが、全員が怪我をしているせいか、移動スピードが落ちてきているようだ。

俺達はアハト達のもとに辿り着くと、トロルに向かって剣を構える。

「いいか、槍で遠距離から攻撃しろ! 盾で身を守ることも忘れるな! そこの小隊は、アハト達負傷兵を連れてボーダまで戻れ!」

俺は指示をしながら手をかざし、一番近いところにいたトロルの頭に《爆炎》を喰らわせる。

しかし頭の皮膚が焦げ付いただけで、トロルは怒って棍棒を振って暴れ始めた。

振り下ろされた棍棒が、地面を凹ませる。

しかもトロルは、兵士達の槍が突き刺さっても気にした様子もなく、棍棒を振るい続けていた。

その棍棒も、軽く当たる程度なら問題ないが、もろに食らった兵士達は盾ごと吹き飛ばされてしまった。兵士はすぐに立ち上がるが、その表情は苦し気だ。

まずいぞ、このままでは助けに来た俺達が全滅してしまう。

ちらりと振り返れば、アハト達はもう城門の辺りまで辿り着いたようだ。

今なら重傷者もいないし、全員が全力で撤退すれば、都市の中に入ってから門を閉めるのも間に合うはず。

そうなれば、上から矢を射かけて倒せるかもしれないし、トロルも諦めるかもしれない。もちろん、城壁を破られる可能性もあるが、ここで戦うよりはましだろう。

「よし、全員撤退を――」

「領主様が襲われている！　皆で助けるぞ！」

俺が兵士達に向き直ってそう言いかけた時、後ろからそんな大声が聞えてきた。

再び振り返ると、ダイスをはじめとした農民達二十人ほどが鎌や鍬を持って、こちらに向かってきているのが見えた。

「お前達⁉　やめろ、死ぬぞ！」

俺はそう叫ぶが、農民はあっという間に俺達のもとに辿り着き、そのままトロル達へ向かっていった。

そしてトロルの棍棒を交わしつつ、鎌や鍬を振るう。

農民達の鎌や鍬に斬り裂かれ、兵士達の槍でも平然としていたトロル三体が苦悶の声を上げる。

そしてそのまま、トロル達は倒れこんで息絶えた。

呆然とする俺に、ダイスが近付いてくる。

「ご無事ですか、領主様」

「ああ、応援に駆けつけてくれて助かった……だが、見ていてヒヤヒヤしたぞ。なぜお前達の鎌や鍬はトロルを斬り裂くことができるのだ？」

「エクト様が、鎌や鍬をミスリル製にしてくださっていたおかげです」

ミスリル製!?　エクトは何を考えてるんだ？

そんな高価な金属を、農耕具に使うなんて正気とは思えん。そもそも、どこにそんなものを買う金があったのか。

そのおかげで助かったとも言えるが、腑に落ちない。

「……そうか、それでは済まないが、トロルの死体を運ぶのを手伝ってくれるか」

「もちろんです」

ダイス達は、トロルの死体を運んでいく。

その背中を追いつつ、一体、エクトはミスリルをどこで手に入れたのかと考える。

俺達もミスリルを手に入れられれば、森林探索はより簡単になり、ボーダも発展するだろう。

誰か、エクトに力を貸していた者がいるはずだ。

その者を探し出し、俺達に協力するように交渉し、ミスリルを手に入れてみせよう。

俺は農民達の鎌と鍬を見ながら、心に誓った。

第9話　テイマー　ルーダ

俺、エクトが辺境伯となってから三日後。

一度アブルに戻っていた俺は、今回はオルトビーンと二人で、再び王都にやってきた。

新たに与えられた兵士二百人と、テイマーとの顔合わせがあるからだ。

既に準備ができていたらしく、グランヴィル宰相の案内で、兵士達とテイマーが待つという王城の城門前広場に移動した。

そこにいたのは、立派な身なりの兵士達と、獣人の女性だった。

兵士達の前に立っていた、鍛え抜かれた長身の男が俺の前に進み出て名乗る。

「ヘルストレーム辺境伯様。私はゲオルグと申します。よろしくお願いいたします」

「ああ、こちらこそよろしく頼むよ」

詳しく聞けば、彼が率いるのはファルスフォード王国軍騎士団の中から選ばれた精鋭二百名だそうだ。

まさか騎士団から人員を貰えるとは思っていなかったが、帝国との戦いは過酷なものになるかもしれないので、強い兵士は大歓迎だ。

俺は彼らを、新たにアブル騎士団と名付けた。

「さて、ゲオルグ、ここからアブルまでは、おおよそ一ヵ月かかる。俺達は先に転移で戻るが問題ないか？」

「もちろんです」

「ありがとう。アブルへの行き方だけど、グレンリード辺境伯領のボーダを目指す途中、未開の森林に入って、そこから地下道を使う必要があるんだ。地下道への入口の場所は、ここに書いてあるから確認しておいてくれ」

「わかりました。仰せのままに！　それではさっそく出発いたします！」

俺が書類を手渡すと、ゲオルグは頭を下げて部下達の方へ向かっていった。

さて、あとはテイマーの方だが……

「はじめまして、辺境伯様。私のことは気軽にルーダと呼んでくれ。これでも腕はファルスフォード王国で一番だと自負しているよ」

「それは頼もしいな。すぐに腕を発揮してもらうことになると思うから、よろしくな……そうそう、俺のことは呼び捨てで構わない」

彼女は狼系（おおかみけい）の獣人——ワーウルフ族で、紫色のたてがみが特徴的だ。

元々は冒険者として活躍しており、王都では有名だったらしい。しかし今回、王家からのスカウトということで、特別手当をもらって、所属していたパーティを抜けてきたそうだ。

ひと通り挨拶を済ませた後、俺はオルトビーンとグランヴィル宰相の方に向き直る。

「よし、これで挨拶もすんだし、アブルに戻ろうか……グランヴィル宰相、この度はありがとうございました」

「うむ、帝国からの防衛、頼んだぞ」

俺は頷くと、オルトビーンに転移魔法陣を用意してもらい、ルーダも一緒に三人でアブルへと転移したのだった。


俺達三人がリビングに転移すると、リンネとリリアーヌの二人がソファーに座って俺達を待っていた。

「おかえりなさいませ、エクト様」

「お疲れ様でしたわ……兵士の方々はいらっしゃらないのですね」

微笑むリンネの横でリリアーヌが不思議議そうにそう言うと、オルトビーンが肩をすくめる。

「いくら俺の魔法でも、二百人を一度に転移させることは無理だからね」

「それでは仕方ありませんね」

リリアーヌが納得してくれたところで、ルーダを二人に紹介する。

「リンネ、リリアーヌ。彼女が俺達を手伝ってくれるルーダだ」

「ルーダだ、よろしく」

リンネもリリアーヌも、微笑んで自己紹介をしている。

問題なく上手くやれそうだな。

すると不意に、ルーダが俺に向き直った。

「周囲を森林に囲まれてるとは聞いてたけど、魔獣の数がすごいね。匂いがプンプンするよ」

「窓が開いているとはいえ、そんなことまでわかるのか？」

「ああ、嗅覚の良さが売りだからね」

さすが獣人といったところか。

「――それで私に頼みたい魔獣は何なんだい？　未開発の森林の中にある城塞都市で、テイマーの力が必要だ、としか聞いてないけど」

「ああ、そうだったね。実は、近々帝国が攻め込んでくるんじゃないかって話があってね。その時のために、魔獣をテイムしておきたいのさ。具体的には、ダイヤウルフが百体もいればいいかな」

ダイヤウルフは、大型の狼の魔獣だ。群れで行動することが多く、集団戦術を得意とする。

俺の言葉に、ルーダは目を見開いた。

「ダイヤウルフ百体ね……時間をかければできなくもないけど、こんなに広い森林で、ダイヤウルフを見つけるのは難しくないか？　それに、ダイヤウルフに会う前に他の魔獣に殺されそうなんだが」

「その点は大丈夫だ。俺も同行するし、このアブルには、Sランク冒険者パーティの『進撃の翼』がいる。彼女達に護衛を頼むからね」

『進撃の翼』の五人には、テイマーが来たら一緒に行動してほしいと、既に伝えてある。

ルーダは思案気に尋ねてきた。

「テイムするのはそれだけかい？」

「そうだな……陸鳥みたいに、移動手段になる魔獣も兵士の数だけ欲しいな」

陸鳥というのは鳥の魔獣なのだが、ほとんど飛ぶことができず、そのかわりにすごい早さで走ることができる生物だ。とある国では、馬のかわりとして活躍しているという話もある。

「わかったけど……それだけの魔獣、探すのにも相当時間がかかるだろうし、テイムするのがどれだけ大変なのか、わかってるのかい？」

「まぁ、地道に探すしかないよな。それに、テイムの方法を教えてくれたら俺も手伝うよ」

「ふん、そんな簡単に覚えられる方法があるなら、テイマーなんて職業は存在してないさ」

確かにルーダの言うとおりだ。

ちょっと興味はあったんだけど、俺にはテイムできないらしい。

「とにかく、まずは未開発の森林の中で、どの魔獣がどの辺りを縄張りにしているのか、調査が必要だね」

「ああ、できるだけ早めに調査はしたいな」

俺が頷くと、ルーダはニヤリと笑って、腰に手を当てた。

「それじゃあ、今日の夕飯が終わった後から動き始めるか。夜の森は危険ではあるけれど、魔獣の活動が活発だからね、縄張りなんかも確認しやすいんだ」

「わかった……リンネ、アマンダ達にも、夕食後に動くことを伝えてきてくれ」

頷いたリンネが部屋から出て行くのを見ながら、オルトビーンが口を開く。

「エクト、夜の森はさすがに心配だから俺もついていくよ」

「助かるよ、オルトビーン。こっちからお願いしようと思っていたくらいだ」

オルトビーンの隠密系の魔法があれば、リスクを減らすことができるからな。

それから夕食をとった俺達は、準備を整えて、未開発の森林へと足を踏み入れるのだった。


オルトビーンに隠密系の魔法をかけてもらいつつ、俺達は夜の森を進む。

基本的には戦闘を避け、どこにどんな魔獣がいるか、そしてダイヤウルフがどこにいるか、といったことに気をつけている。

ダイヤウルフ自体は、以前ボーダの近くでアドバンス子爵の馬車を追って現れたことがあるので、この森林にいるとは思うのだが……

そう思いながら探索することしばし、斥候として前に出ていたオラムとルーダが、ダイヤウルフの足跡を発見した。

慎重に足跡を辿っていると、不意にルーダが俺達に止まるように指示してくる。

その直後、威嚇するような唸り声が聞こえてきた。

「ガルルルルゥーー！」

どうもダイヤウルフに囲まれたようだ。

「前方に四匹、左右に三匹ずつだね……どうする？」

さすがルーダ、こんな状況でも、しっかりと数を確認しているようだ。

「そうだな、まずは『進撃の翼』の皆に敵をおびき寄せてもらって、姿を見せたやつを俺とオルトビーンの魔法で拘束していこうか」

今回はテイムが目的だ。殺してはいけないからな。

俺達が身構えると同時に、ダイヤウルフが茂みから飛び出してくる。

アマンダが突進を躱し、ノーラは大楯でダイヤウルフを止める。セファーの矢とドリーンの火魔法を足元に打ち込まれたダイヤウルフはその場で足踏みし、オラムは素早い動きで敵をかく乱していた。

その隙に、俺とオルトビーンが土を操作して、ダイヤウルフの足を絡めとって動けないようにしていく。

あっという間に、俺達を囲んでいたダイヤウルフの拘束に成功した。

あまりの手際の良さに、ルーダは呆然としている。

「ルーダ、これで準備はできたぞ。テイムしてくれ」

「あ、ああ」

ルーダは戸惑いつつも、おそらくボスであろう、一際大きい個体へ近付いていく。

そしてポシェットの中から草団子のようなモノを取り出すと、ダイヤウルフの鼻先へ差し出した。

すると、土魔法の拘束から逃れようと暴れていたダイヤウルフが急に大人しくなり、草団子の匂

いを嗅ぎ始める。

ルーダが優しい声でボスに語りかける。

「生き延びたければ、私達の仲間になるんだ。この草団子をお食べ」

ボスは一瞬躊躇していたが、草団子を口にして、その場に座り込んだ。

ルーダが続いて、他のダイヤウルフにも草団子を食べさせていくと、全員が暴れるのをやめ、その場に座り込んだ。

最後にルーダが呪文を詠唱することで、ダイヤウルフ達の首に、首輪が現れた。

「これでテイムは終了だよ。これでこのダイヤウルフ達は私達の言う命令を聞くようになった」

「さっきの草団子のようなものは何だ？　あれを食べてから、ダイヤウルフの様子が変わったぞ？」

「あれはワーウルフ族に伝わる秘伝の草団子さ……おっと、詳しいことを教えるわけにはいかないよ。飯の種だからね」

さすがにそうだよな。

でも、拘束さえすれば、テイムは意外と簡単だということがわかったな。

それから俺達は、ルーダからテイムの細かい条件などを教えてもらう。

テイムの能力はあの首輪を出現させるというもので、あれをつけた魔獣は使役者の言うことを聞くようになるんだとか。

その首輪が自動的に周囲の魔素を吸い込んで、テイムの魔術を維持してくれるので、一度首輪をつければ後は魔力を注ぐ必要はないそうだ。

ただ、テイマーが死亡すれば首輪も消滅するので、そこは気をつけなければならないらしい。

俺達が感心していると、ルーダは不敵にニヤリと笑う。

「さあ、今度はこのダイヤウルフ達の鼻を使って、次の群れを追い込むよ。夜はまだ長いんだ。これからが本番だよ」

そんなルーダを見て、俺は彼女を紹介してもらってよかったと、改めて思うのだった。


それから俺達は、テイムしたダイヤウルフを頼りに、未開発の森林を駆けていく。

さすがと言うべきか、あっという間に次の群れが見つかった。

ちなみに、テイムした奴らには戦わせない。ここで殺し合いになって数が減ったら意味がないからな。

こちらが気付いたということは、向こうのダイヤウルフもこちらに気付いたということ。

かといっていきなり襲いかかってくることはなく、こちらを警戒するように身構えている。

隠れている個体がいないかルーダに確認してから、すかさず俺とオルトビーン、そして今回はオラムも土魔法を使った。

ダイヤウルフの集団の動きを止めたところで、ルーダによるテイムが行なわれる。

『進撃の翼』の五人には、テイム中の周囲の警戒や、移動中の敵の排除をしてもらっている。

一度この流れができてしまえば、後は簡単だった。

さくさくとテイムが進んでいき、後少しで空が白み始めるだろうかという時には、すでにテイムしたダイヤウルフは六十匹にのぼっていた。

想像以上のペースでテイムが進んでいることにホッとしていたところで、不意にドシン、ドシンという地響きが伝わってきた。

そちらの方向を警戒していると、大きな樹々の後ろから、サイクロプスが現れた。

以前倒したものよりも大きい個体だ。

俺や『進撃の翼』の面々が剣を抜き、戦闘態勢を取っていると、ルーダがニヤリと笑みを浮かべた。

「待ちな、皆。これからテイマーの戦い方を見せてやるよ……ダイヤウルフ達よ、サイクロプスを殺れ！　棍棒には気をつけろよ、行け！」

ルーダの号令で、一斉にダイヤウルフ達がサイクロプスに襲いかかる。

サイクロプスの棍棒の一撃は強力だが、ダイヤウルフは俊敏さを活かして全ての攻撃を避ける。

そして爪や牙を立てては離脱していくという戦法で、サイクロプスをあっという間に傷だらけにした。

たまらず倒れ込んだサイクロプスに、ダイヤウルフが群がって息の根を止めた。

凄まじい早業に、俺達は唖然とする。

ルーダは満足げに頷いて呟く。

「さすがダイヤウルフ六十体、サイクロプス相手ならこんなものだな……ドラゴン種には勝てるかどうか厳しいってところかな」

ここまで見事な連携ができるなら、大きな戦力になるだろう。

それから俺達は、サイクロプスの魔石だけ取り出して、肉体はその場に埋めた。この前のようにドラゴンが出てこられても困るからな。

そして再び、未開発の森林の探索を進めるのだった。


夜が明けて、日が高くなり始めた頃、俺達はアブルの邸まで戻ってきた。

結局あの後、最終的にダイヤウルフ百体のテイムに成功した。

そのダイヤウルフ達は、アブルの中には入れずに、城壁の外を警備させている。

人は襲わず、近付いてくる魔獣を排除するように命令してもらったのだ。倒した魔獣は餌になるので、その分のお金がかからないのも助かるな。

そんなわけで俺とオルトビーンは、疲れを癒やすために、温泉に入っている。

こういう時、自分の邸に温泉を作っておいて良かったなと思う。

ちなみにルーダは、『進撃の翼』の邸に行って、そちらで温泉に入っている。

オルトビーンが、伸びをしながら尋ねてきた。

「まさかダイヤウルフの群れがあんなに役に立つとは思わなかったよ。エクトはあそこまで計算できていたのかい？」

「いや、あそこまでとは思ってなかったな。正直最初は、長城を護る時に敵をかく乱できればくらいに思っていたんだけど、これなら敵を部隊ごと倒してくれそうだよな」

オルトビーンがニッコリと微笑む。

「そうだね。それに、警備としても優秀そうじゃないか？」

「ああ、そうだな。帝国側の森林に、斥候として放っておいてもいいかもしれない……あとは、ルーダ以外の指揮も聞くようにしてもらわないとな。もしルーダに何かあったら一大事だ」

「基本的にはルーダの指揮下にあるとして、その次に俺やエクト、それからリリアーヌとリンネの命令にも従ってもらわないとな」

「ああ。俺達がいない時に二人がピンチになる可能性もあるしな」

無事にテイムは進みそうだが、色々と考えることは多いな。

とにかく今日は、徹夜で疲れたからゆっくり休もう。


次の日の昼間、俺、オルトビーン、ルーダ、『進撃の翼』の五人は、再び未開発の森林を探索していた。

目的は騎乗できる魔獣ということで、まずは陸鳥を捜していたのだが……そもそも、陸鳥はこの未開発の森林に全く存在していないらしく、痕跡(こんせき)すら見つからなかった。

確かにボーダの近くでは見なかったものの、この森林は広大だからどこかにはいると思っていたんだけどな。これは大きな誤算だ。

オルトビーンはおっとりとした仕草で腰に手を当て、俺に尋ねてくる。

「陸鳥は諦(あきら)めたほうが良さそうだね。他に候補の魔獣はないのかい？」

「そうだな……バイコーンなら、以前の調査で見かけたという報告があったな」

バイコーンというのは馬型の魔獣で、黒い身体に金色の二本の角を持つ。その角には毒があり、かすっただけでも相手に致命傷を与えることができるという、危険な魔獣なのだ。

「バイコーンか……それならダイヤコーンのほうがいいんじゃないのかい？」

ルーダが目をクリクリさせながら、獣耳をピンと立てて聞いてくる。

ダイヤコーンは、バイコーンと同じく馬型の魔獣で、こちらはダイヤモンドのように硬い角を持つ。バイコーンに比べて身体が大きく屈強で、高い防御力を誇っている。

しかし俺は首を横に振った。

「確かにダイヤコーンの方が魔獣としてのランクも高いし、戦えば手ごわいだろう。だが、今回は主に、急こう配で岩場の多いアブルケル連峰の長城まで、兵士を載せて移動することも目的になる。山登りの能力で言ったら、バイコーンの方が上だからね」

「なるほどね。それじゃあバイコーンを探そうか」

ルーダも納得してくれたところで、探索を再開。

そして一時間ほどで、オラムとルーダがバイコーンの足跡を発見した。

慎重に足跡を辿ると、バイコーンの群れを発見した。

間近で見ると、知識にあるよりデカく感じた。

ほとんどの個体は、通常の馬の一・五倍はありそうだ。日光を受けて光る角がかっこいい。

バイコーン達はこちらに気付くと、警戒したように身構える。

地面を蹴って、今にも突っ込んできそうだ。

オルトビーンはそれを見て、少し嫌そうな顔になる。

「やる気満々って感じだね。さっさと終わらせたいし、ここは俺に任せてよ」

オルトビーンが呪文を詠唱すると、さっきまで晴れていた空に黒雲が集まってきて、バイコーン目掛けて雷が落ちた。《雷》の魔法か。

電撃をもろに食らったバイコーン達は、その場に崩れて身体をピクピクとさせている。

おそらく麻痺しているのだろう、立ち上がることもできないようだ。

すぐに俺は土魔法でバイコーンの脚を動けないように固定する。

それを確認したルーダが、バイコーン達に次々に草団子を食べさせていき、呪文を唱えて首輪を嵌める。

そうしてあっという間に、三十匹近くのバイコーンをテイムできた。

「へぇ、こうやってみるとやっぱりかっこいいな」

麻痺が取れ、立ち上がったバイコーンを見て俺は息を吐く。

するとバイコーンは、乗れと言うようにしゃがみこんだ。

「いいのか……うわ、すごいな」

俺が跨ると、バイコーンはまっすぐに立ち上がる。

いつか馬に乗れたらとは思っていたが、こんな形で叶うなんてな。

乗馬はあまり得意ではないが、バイコーンの背は安定感があって、落ちる心配はなさそうだ。

見回せば、他の皆も同じように、バイコーンに騎乗していた。

「よし、このまま次の群れを探そうか」

俺の言葉にバイコーンは嘶き、走り始める。

同族がどこにいるのかというのは簡単にわかるようで、次々にバイコーンの群れが見つかって、俺達は日が沈む前には目標だった二百体近くのバイコーンをテイムしていた。

そしてアブルへの帰り道、オークの集落を発見した。

アブルからは遠いけど、放置していたら大きくなるかもしれないな。

「よし、バイコーンの力を試していこうか」

ルーダはそう言って、バイコーンの群れに「突撃！」と号令をかけた。

二百体のバイコーンがオークの集落に襲いかかる。

突然の事態に、オーク達は天然の斧を持って応戦するが、あるいは蹴り飛ばされ、あるいは角を食らって絶命する。

しばらくすると、一際大きな建物からオークキング一体とオークジェネラル二体が出てきた。

しかしジェネラルの一体は、アマンダが振るったアダマンタイトの両手剣によって体を上下に断ち斬られ、もう一体もノーラの槍に胸を貫かれた。

最後のオークキングも、バイコーンに乗ったまま俺が振るった剣によって首を落とされた。

コロコロと転がっていたオークキングの首が止まる頃には、他のオークもバイコーンによって全滅していた。

想定通りの結果に、俺は満足する。

これで後は騎士団が到着すれば、長城の防備は完璧になるだろう。

俺達は意気揚々と、バイコーンの群れを連れて城塞都市アブルへ戻るのだった。

第10話　騎士団、アブルに到着する

王都からの騎士団が、アブルへ続く地下道の未開の森林側の出入口に昨晩到着した。

地下道の出入口を守る兵士からその知らせを受けた俺が急いで向かうと、騎士団はちょうど地下道に入ってくるところだった。

俺の姿を確認したゲオルグが姿勢をただす。

「辺境伯！　お出迎えありがとうございます」

「長旅、ご苦労さん。さあ、さっそくで悪いがついてきてくれ。ここで話していたって仕方ないからね」

それから半日ほど歩いて、地下道の先に光が見えてきた。

最後の階段を上ると、大空とアブルケル連峰、そして城塞都市アブルが出迎えてくれた。

アブルの周りにはダイヤウルフとバイコーンが、あちらこちらにいる。

それを見て慌てた兵士達が抜剣しようとしたので、俺はすかさず止めた。

「抜剣する必要はないからね。ダイヤウルフもバイコーンも、テイムしている魔獣だから」

「これだけたくさんの魔獣をテイムされているのでありますか？」

「ああ、彼らは立派なアブルの戦力だよ」

まぁ、これだけの数のテイムだなんて、ルーダがいたからこそできたことだけど。

ゲオルグは納得したように頷くと、俺に尋ねかけてくる。

「それで、私達が警備する場所はどこでしょうか？　アブルの城壁には兵士も立っているようですし、人が足りないようには見えないのですが」

「ん？　あそこ！」

「は？」

俺はアブルケル連峰の山頂を指差した。

さすがのゲオルグも驚きを隠せない様子だ。

「あの山の頂上……ということでしょうか？　あんな場所が戦場になるので？」

「ああ。ここからだとさすがに見えないけど、あの連峰の頂上には、長城を作ってあるんだ。そこで山を登ってくる帝国軍を防ぎつつ、ダイヤウルフ達に仕留めてもらう想定さ」

そう、ダイヤウルフ達が非常に優秀だったため、長城の外で戦うのは彼らに任せることにしたのだ。

「あのような高地での戦いを経験したことがないのですが……ただ信じて従うのみです。私達はアブル騎士団ですから」

ゲオルグがどこか不安そうに、しかし力強くそう言ってくれる。

「ああ、俺を信じてくれ。それじゃあ、まずはバイコーンに乗って、長城に入ってくれ。高地に身体を慣らすため、生活や訓練は基本的に山頂で行うことになる。最初は俺もついていくからね」

俺の言葉に、ゲオルグ達は恐怖を顔に滲ませ、バイコーンの群れを見ている。

すぐに俺が口笛を吹くと、バイコーン達が集まってきた。

「さあ、皆、バイコーンの背中に乗ってくれ。体は大きいけど、馬だと思えばいいから……そうそう、ここまでの荷物で、砦には持って行かなくてもいいようなものはここに置いて行ってくれ。アブル警備隊の面々が後で運んでくれるからな」

ゲオルグ達は諦めた様子でバイコーンの背中に乗り、俺もそれに続いた。

「それでは出発！」

俺が先頭で、バイコーンをアブルケル連峰の山頂を目指して走らせる。

急斜面にもかかわらず、まるで平地を走っているかのようだ。

あまりの速度に、兵士達は必死にバイコーンにしがみついていた。

ものの二時間ほどで、俺達は山脈の頂上に到着した。

バイコーン達の半数は麓に戻らせ、もう半分には待機命令を出してから、騎士達に長城の案内をする。

以前建設をしてから、長城はさらに改良を重ねた。

地下水脈から引っ張ってきた水道設備に、地下から温泉もくみ上げた。

また、大砲も百門運んできて、壁に開けた穴から顔を出している。

その他にも、宿舎となるエリア、調理場に食堂、保管庫など、普通に暮らすには問題ないようになっている。

長城の上の通路部分は少し拡張して、訓練などはそこで行なう予定だ。

ひと通り案内した後、ゲオルグ達を再び保管庫に連れてくる。

そこで俺がとあるものを渡すと、騎士達は目を見開いていた。

「これは……ミスリルですか！　こんな高価なものを頂いていいのですか⁉」

「ああ、もちろんだ」

そう、俺が渡したのは、ミスリルの武器と防具だった。

一部で使っているならともかく、全身の装備となると、王都でもこんないい装備を使っている者はいないだろう。

装備を着替えたゲオルグを始めとした騎士達は、とても嬉しそうな顔で、しばらくはしゃいでいた。

ゲオルグが真面目な顔をして、俺に敬礼する。

「このような素晴らしい装備をご用意いただき、ありがとうございます！」

「これからは、このミスリルの武装で頑張ってね。練習の時は鉄製でいいから」

「は、ありがたき幸せ」

ゲオルグが膝をつくのに合わせて、騎士達も同様にしていた。

「さあ、立ってくれ。最後に長城の屋上に行こう」

俺はゲオルグ達を連れて屋上に向かい、ミルデンブルク帝国側の麓を見下ろす。

すると、ゲオルグが麓の森林を指差した。

「あの森林が我が王国とミルデンブルク帝国の国境なのですね」

「そういうこと。案外近いでしょ。一ヵ月以上前だけど、帝国の偵察がここまで登ってきたみたいだから、もしかするとまた来るかもしれない。まずは偵察隊を蹴散らすのが仕事になるね」

偵察隊の兵士を生きて捕獲できれば、なおいいのだが……まあ、来るかどうかもわからないからな。

「夜間はダイヤウルフ達が警備に出向いてくる予定だから、最低限の人員でいいかな」

「は。では、昼間は私達のみでの警備ということですね」

「そういうこと。基本的には屋上で訓練しながら、見張りにも立つって感じかな」

何せ、このあたりは空気が薄く、その分バテやすい。

騎士達は鍛えているとはいえ、仮に帝国軍が攻め込んできた場合、長時間戦うことはできないだろう。

そのため、体力を付けるための訓練は必須なのだ。

というわけでさっそく、ゲオルグに訓練メニューを組ませて、俺も一緒に訓練してみることにした。

まずは軽めに、剣を振ったり、走り込んだりといった内容だったが……俺も騎士達も、太陽が沈むころにはすっかりバテてしまっていた。

そろそろ訓練が終わろうかという時、オルトビーンと狩人部隊達がバイコーンに乗って食糧を運んできた。

「ゲオルグ、どうやら食糧が来たみたいだから、今日はここまでにしようか」

「そうですね、わかりました……お前達！　今日の訓練はここまでだ！　食糧の引き取りに向かえ！」

「「「「はい！」」」」

バテているはずの騎士達は、命令通りに屋上を去っていく。

さすが、元王国軍騎士団だな。

「さて、それじゃあ俺はアブルに戻るよ。何かあったら残っているバイコーンを使って伝令を寄越してくれ」

「了解いたしました」

俺も一階に向かうと、オルトビーンがのんびりと声をかけてきた。

「エクト、お疲れ様。騎士団の皆どうだった？　いきなりこんな山頂勤務だから、全員が驚いていたでしょ」

「ああ、だけどさすが王都で指導されてきただけあるよ。嫌な顔一つしないんだからね」

「夜間警備もダイヤウルフのおかげでだいぶ楽だし、その辺の砦よりも設備がいいからね。彼らにしてみれば、かなりの好条件だと思うよ」

そんなものなのか？

実際に騎士団が駐屯するような砦の規模感がわからないけど、確かに騎士達の反応を思い返せば、かなりいい待遇なのかもな。

「そうだ、食料はどれくらい持ってきたんだ？」

「数日は保つんじゃないかな。これから数日は、備蓄用にまた運び込み続ける予定だし」

「それじゃあ、完全に暗くなる前に戻るとするか」

俺達が話しているうちに狩人部隊からアブル騎士団に食糧の受け渡しは済んだようだったので、俺達はバイコーンに乗って山を駆け下りる。

途中、山を登るダイヤウルフとすれ違った。

よし、ちゃんと命令通りに動いているな。

これで守りは安心だろう。


邸に戻った俺は、露天風呂で汗を洗い落としてリビングで身体を休めていた。

すると、いつの間にかやってきていたルーダが、俺の前のソファーに座った。ピンと立ったウルフ耳が可愛らしい。

「エクト、相談なんだけど。バイコーンに乗る人員も増えてきたし、そろそろバイコーンの数を増やさないか？」

「そうだな、そうしてもいいかもな」

俺の言葉を聞いて、ルーダはフサフサの尻尾を左右にパタパタさせる。たぶん喜んでいるのだろう。

「あと、ダイヤウルフなんだけど、夜のうちは長城へ行くだろう。そうなったら、城塞都市アブルの警備が手薄になる。だからダイヤウルフも増やそうと思うんだけど」

うーん、実際のところ、城塞都市アブルを襲ってきそうな魔獣はいないんだよな。

警備用にダイヤウルフを増やす必要はないと言えばないんだけど……まぁ、多ければ多いほど戦力になるし、いいかな。

「ルーダの好きにすればいいんじゃないか。必要最低限の数は注文させてもらうけど、それ以外は任せるよ」

「わかった！　それじゃあ明日、『進撃の翼』の五人と一緒に、ダイヤウルフとバイコーンを増やしてくるよ」

なんだ、相談とか言ってたけど、もう決めてるんじゃないか。

ルーダが楽し気にリビングから出て行くのと入れ違いに、リリアーヌが慌てた表情でやってきた。

何をそんなに慌てているんだろう。

「オルトビーンから聞きましたの。人族は誰でも六属性魔法の全てを使いこなせるようになるらしいですわ。エクト様はご存じでしたの？」

「ああ、前にオルトビーンから聞いたことがあったからね。スキルとは発現しやすい特性のことでしかなくて、体内の魔力を自在に使いこなせれば、どんな魔法でも使えるんだっけ」

「ご存じでしたのね。それではエクト様は、他の属性魔法を使えるようになりたいと思いませんの？」

「俺は土魔法で十分だよ。工夫次第で色々とできるからね」

現時点で困っていることはないしな。

グレンリードの人間には馬鹿にされるけど、ただそれだけだし。

するとリリアーヌは、悔しそうに口を開く。

「私の最大の攻撃魔法は《氷結》ですわ。しかしドラゴン種には全く効きませんの。それが以前から悔しくて……だからオルトビーンに他の属性魔法も教えるように言ったのに、断られましたのよ」

たしかオルトビーンは、誰でも複数属性を使えることは秘密にしてるんじゃなかったっけ？　多分それが理由で、リリアーヌには教えないと言ったんだろう。

でも、そう教えてもリリアーヌが納得する気がしないので、それらしいことを言って宥めることにした。

「……気持ちはわかるけど、ドラゴン種の鱗って魔法防御特性があるだろ。だったらどの魔法でも防御されちゃうんじゃないか？」

「……あら？　そう言えばそうでしたわね。私、肝心なところを忘れておりましたわ」

ようやくリリアーヌは興奮状態から抜け出したようだ。

するとリビングに少し顔を青くしたオルトビーンが現われた。そしてグッタリとソファーに座る。

そんな彼を見て、リリアーヌは謝罪を口にする。

「オルトビーン、申し訳なかったですわ。私が間違っておりましたわ」

「……エクトが説得してくれたんだね。助かったよ。ありがとう」

「リリアーヌが勝手に盛り上がって、勝手に冷静になっただけだから」

俺の言葉を聞いたリリアーヌが頬を膨らませ不満を顔に表す。

「それでは私一人が騒いでいたみたいではありませんの！」

俺からはそう見えたんだけど、それを言うのはやめておこう。

「そんなこと言ってないよ。リリアーヌも色々と考えているんだなと思っただけさ」

「それでしたらよろしいですわ。さて、私は寝ますからごきげんよう」

リリアーヌは安堵した顔で、リビングを出ていく。

その背中を見ながら、俺とオルトビーンは顔を見合わせて苦笑するのだった。


それからしばらくの間、俺達は街の整備と兵士の訓練に注力し、平和に過ごしていた。

アブルの城壁内の農耕地も順調に広がっているし、第二外壁の外にいるバイコーンやダイヤウルフの数も増えてきている。

最初は恐れられていた魔獣達だったが、今ではわざわざ第二外壁の外に出て、彼らと触れ合う住民もいるくらいだ。

俺はといえば、週に二、三回、頂上に足を運び、視察ついでに訓練に参加している。

帝国側も、演習している様子は見受けられるものの、こちらに攻め込んでくる動きはない。これなら騎士団が高地に適応するのも間に合うだろう。

また、月に一度程度だが、ハイドワーフ族の洞窟にも足を運んでいる。

今は大量の酒と引き換えに、ミスリル製の大砲を作ってもらっていた。ハイドワーフ族達は全員上機嫌だ。

また、ミスリル鉱石やキラースパイダーの糸の取引も続いている。

特に糸の方は、丈夫で切れにくく、ミスリルの弓の弦に使用するだけでなく、普段の衣服などを作る素材としても重宝していた。

キラースパイダーの糸で編んだ衣服は、絹のように滑らかで、高級品として商店に並べられている。

もちろん、他領との交流も活発で、特にキラースパイダーの衣服は、アブルの特産品と言えるほどの人気だ。

ボーダを始めとしたグレンリード辺境伯領との交流は全くないが、入ってくる情報によれば、ボーダは苦戦しながらも発展していっているらしい。

残った住民も元気そうで、俺としては一安心だった。

そうしていつの間にか、俺達が城塞都市アブルに住み始めて半年が経った。

今やアブルは、かつてのボーダよりもはるかに発展していると言えるだろう。

そんなある日、俺が邸の露天風呂に入っていると、『進撃の翼』の五人がやってきた。

しかし、この邸の露天風呂は男女分けているというのに、わざわざ男湯にやってくるのは何故だろうか。

「今はエクトだけなんだからいいじゃないか。時にはゆっくりと話をしたいこともあるしな」

アマンダがそう言うが、何がいいのか全くわからない。

しかし俺が反論する前に、アマンダは俺の隣に移動してくる。

豊満な双丘が温泉の湯に浮かんでいるのが目に入り、俺は慌ててアマンダから視線を逸らす。

すると俺の右手が誰かに掴まれた。振り向くとオラムが満面の笑みを浮かべて、俺の腕で遊んでいる。

「エクト、久々に一緒のお風呂だね。楽しいね！」

そう言ってオラムは、ツルペタな胸に俺の腕を寄せる。

「アブルも最近は落ち着いてきたし、私達もそろそろ未開発の森林のまだ行っていないエリアに行こうと思っているんだ。エクトも気晴らしに、私達と一緒に行かないか？」

「確かに、最近はルーダのテイムの手伝いで森林に入ることはあったけど、そこまで遠くには行ってなかったな」

「そういうことだ。未開発の森林は広大だ。まだまだ知らない地域があるから、そこまで行ってみたいんだよ」

アマンダの言葉に、俺は手を顎に当てる。

「うーん……まぁ、特に急ぎの仕事はないしいいか。行ってみよう！」

俺がそう答えると、『進撃の翼』の五人が手を叩いて、大喜びしていた。

よほど遠征に行きたかったのだろう。

「その話、聞かせてもらいました。私もお供いたします」

そういきなり声をかけられて振り向くと、リンネが澄まし顔で温泉に浸かっている。

いつの間に入ってきたんだ？

「私も回復魔法士として、もっと技術を磨きたいです。一緒にお連れください」

そういえば、最近はリンネと一緒に出かけることも少なかったな。

ずっとアブルで仕事をしていたわけだし、たまには羽を伸ばしてもらおう。

「わかった。今回はリンネも一緒だな」

リンネは安堵したような表情で、顔を赤らめた。

全員で露天風呂を出てリビングに向かうと、リリアーヌとオルトビーンが紅茶を飲んでいた。

というわけでさっそく、さっき決まった話題を切り出す。

「二人とも、ちょっと話があるんだけど……最近はアブルの街は落ち着いているようだし、ミルデンブルク帝国も妙な動きをしていないだろう？　だからちょっと休みをもらおうと思うんだけど、いいかな？」

オルトビーンは大きく頷く。

「もちろん！　エクトにも休息は必要だからね」

「よかった、ありがとう。それで、『進撃の翼』とリンネと一緒に、未開発の森林の奥地まで入ってみようと思うんだ。その間、アブルの街はオルトビーンに任せたいんだけどいいかな」

「え！　俺は居残りかい！　それはないよ！　俺も一緒にいきたいよ！」

オルトビーンが不満の声をあげる。

そして、横で聞いていたリリアーヌが頬を膨らませて、不満の表情を浮かべる。

「リンネも連れていくのに、私をお忘れではありませんか？　私もお供いたしますわ」

「そうだね。リリアーヌも一緒に行こうか。後のことはオルトビーンに任せた」

リリアーヌは俺の言葉を聞いて嬉しそうに胸を押さえる。

するとオルトビーンはまだ不満なようで、紅茶を一気に飲み干して立ち上がった。

「ちょっと！　さっきは聞いてきてたのに、決定事項になってるじゃないか！　それはないだろう！　こういうお楽しみは全員で行くべきだ！　断固、俺も一緒に行くからね！」

珍しくオルトビーンの大声が響く。

……まぁ、たまには全員で出かけるのもいいか。

第11話　ファイアードラゴンの集落

俺達は現在、未開の森林にいる。

今回のメンバーは、俺、オルトビーン、リリアーヌ、リンネ、『進撃の翼』の五人、そしてルーダを加えた十名だ。

途中、オーガやトロルの群れと遭遇することもあったが、『進撃の翼』の五人があっという間に討伐してしまった。

オラムが嬉しそうに魔石と素材をリュックの中へ入れていたのが印象的だった。

『進撃の翼』の五人以外も、氷魔法の《氷結》を使うリリアーヌや、俺がつい先日プレゼントしたミスリル製の鞭（むち）を振るうルーダも大活躍だ。

もちろん俺も、剣を振るって敵を倒している。

オルトビーンは、しっかりとリンネを守ってくれていた。

それにしても、まだ未開発の森林に入ってから、少ししか経っていないのに、魔獣との遭遇率が高いな。

俺は先頭を進むオラムに声をかける。

「オラム、今日は奥地まで行きたいから、なるべく魔獣と戦わないルートを取ってくれ」

「わかったよ。皆、僕についてきて」

先頭をオラムが走り、俺達もついていく。

しばらくは無事に走っていたのだが、突如、地響きと共に行く手の地面が盛り上がった。

土を吹き飛ばすようにして現れたのは、巨大なワーム型の魔獣だった。

あれは……フォレストワームだったっけ。

直径三メートル、長さ十メートルはあろうかという円柱型の巨体で、口の周りには鋭い牙がずらりと並んでいる。

そのあまりの気持ち悪さに、オラムとルーダ以外の女性陣が一瞬フリーズする。

かと思えば、リリアーヌが悲鳴を上げながら《氷結》を繰り出した。

辺境の生活で虫には慣れたと思っていたけど、さすがにあれはキツいか。

魔法をもろに食らったフォレストワームは動きが鈍くなり、そこにすかさずオルトビーンが電撃を放って麻痺させる。

俺は剣を抜き放ってフォレストワームに肉薄し、横薙(よこな)ぎに振るう。

口の部分を落とされたフォレストワームはしばらくうねっていたが、それもすぐに動かなくなった。

「このフォレストワームはAランク魔獣だぞ。相当に危なかった」

アマンダが安堵の声をあげる。

「ギルドで情報は知っていたけど、実際に見るのは始めてだよ！　すごく大きな魔石だよ！」

オラムはワームの巨体から、巨大な魔石を持ってきて大喜びしている。

しかし、今回は大丈夫だったが、フォレストワームは地下を移動する魔獣なので、いつ足元から突然襲われるかわからない。ここからは、《地質調査》も使って、地中も警戒しないとな。

まだまだ未開発の森林を奥へ進んでいくと、左手のアブルケル連峰の途中に、少し低くなってはいるものの、煙を噴き出している箇所が見えた。

あそこだけ噴火しているのか？

「あの山に行ってみるか？」

アマンダも俺の視線に気付いたようで、そう尋ねてきた。

「そうだな、せっかくだし行ってみようか。活火山なら、アブルの周りじゃ見つからない鉱石があるかもしれないし」

というわけで、俺達は針路を変え、活火山に向かうことにした。

活火山の中腹までは森林が広がっていたが、高ランク魔獣がうようよしており、それらを避けながら進まなければならなかった。

おそらく一度戦いが始まれば、近くの魔獣も寄ってきて大変なことになるはずだ。

俺達は慎重に、しかし確実に進んでいく。

森林を抜けると、岩場ばかりになって、身を隠せる場所がほとんどなくなった。

そうなれば当然、魔獣に見つかる。

大挙して押し寄せてきたのは、ドラゴン亜種だった。

ドラゴン亜種は三～五メートルくらいのオオトカゲのような見た目で、銀色の鱗に覆われており、魔法防御に優れている。

ボーダ近くのダンジョンや、スタンピードの時にもいた魔獣だ。

しかし俺達は、あの時よりも強くなっている。

アマンダが両手剣で敵を両断すれば、ノーラは大楯で突進を受け止めてから、槍で額を貫く。

そしてセファーは細剣で正確に弱点を穿ち、オラムが短剣で首を切って、俺も剣を振るってドラゴン亜種を倒していく。

魔法攻撃が基本的に効かないので、ドリーンやリリアーヌ、オルトビーンとリンネは後方で待機だ。ルーダが鞭を巧みに使って、ドラゴン亜種がその四人に近付かないようにして守っている。

そうこうして戦うこと二十分ほどで、どうにか迫ってきていたドラゴン亜種を倒しきった。

俺達はその場に座り込んで、息を整える。

俺達が大量に倒したのを見ていたからか、ドラゴン亜種はこれ以上襲ってこないようだ。

「そういえば、ドラゴン亜種ってテイムできなかったのか？　もしできるなら、相当楽だったと思うんだけど……」

俺がふと思いついたことを尋ねれば、ルーダは首を激しく横に振った。

「いや、亜種も含めて、ドラゴン種はテイムすることはできないよ。ドラゴン種は魔法を防御する鱗で覆われているからね」

「そうか。確かにあの鱗があったか……まったく、ドラゴン種は厄介だな」

俺がそうため息をつくと、魔法をメインにして戦うドリーンやリリアーヌ、オルトビーン達三人が激しく頷いていた。

しばらく休憩した俺達は、取れる分だけの魔石を回収し、持ちきれない分は目印の下に埋めていくことにした。

また機会があれば、取りに来られたらいいな。

そうして再び登り始め、無事に山頂に辿り着いたのだが……

火口を見下ろした俺は、思わず息を呑む。

そこにはなんと、大量のファイアードラゴンがいたのだ！

大きな群れのようで、二十体近くいる。

マズイことになったぞ、今からでも引き返さなければ。

そう思って声を出そうとした瞬間、こちらに気付いたらしき一体の大きなファイアードラゴンが、俺達に迫ってきた。

〈この地に人族がやって来たのは初めてだ……貴様達、何が目的だ！　答えによっては容赦せぬぞ！〉

凄まじい圧力に屈しそうになるが、俺は気丈に振る舞う。

「別に危害を加えようと思ってきたわけではない。ただ単に、火山を登ってきたら、たまたま集落を見つけた。ただそれだけだ」

ファイアードラゴンの目がギョロリと動き、俺達を睨む。

〈ふん、貴様の言葉に嘘はないようだが、かといって我はこの群れの長。すぐに信じるわけにはいかん……そうだな、人族よ、我の問いに答えよ。信頼に値するか見極めてやる。値しなければ……わかるな？〉

殺しにかかってくると、そういうことだろう。

俺達はファイアードラゴンを倒した経験はあるが、それは相手が一体だけだったり、あるいは複数が相手でも、ボーダの防衛機能をフルに使ったりして、ようやく勝てただけだ。

この群れを相手にすれば、場合によっては犠牲が出かねない。

それだけは絶対に避けたい。

俺はファイアードラゴンを睨み返す。

「問いとは何だ？」

〈お前にとって、世界とは何だ？〉

世界だって？　随分と漠然とした質問だが……

色々な人種がいて、色々な動物がいて、色々な植物があって、色々な魔獣がいて、太陽があって、月があって、大地があって、そして何よりも仲間達がいて……どれも欠かすことのできない大切なものが集まったもの、それが世界だ。

「世界とは、俺にとって欠かせないものが全て集まったものだ。そう、全て、全て、全てだ」

〈ふむ、つまりはこの世界には無くてよいものはないと、そういうことだな……面白い。それでは、お前にとって魔獣とは何だ？〉

今度は魔獣か。

一般的に魔獣とは、人々を襲う、戦わなくてはならない厄介な敵だが……存在しなくていいかと言えば、それもまた違うだろう。魔獣から獲れる魔石や素材は、今や文明には欠かせないものだ。

もちろん、人を襲うという点では魔獣は敵でしかない。

しかし、もし魔獣に人を襲う習性がなかったとしても、魔石や素材を獲るために人々が魔獣を狩ろうとすれば、当然、魔獣側も反撃してくるだろう。まぁ、普通に腹の足しにしようとしてくる可能性もあるけど。

……つまるところ、人々を襲うから狩っているのか、狩られるから抵抗して人々を襲っているのか、どちらが先かはわからないのだ。

そう考えると、魔獣という存在は、思っていた以上に人と密接な関係にあるのかもしれないな。

「……魔獣とは、人と共存し、共栄していくモノだ」

〈ほう、魔獣とは人族にとって敵ではないと言うのか？〉

「そうだ。ただ盲目的に倒すべき敵ではないよ……だから、お前も敵ではない。友達になろう」

俺がそう言うと、ファイアードラゴンは一瞬ぽかんとした後、大口を開けて笑い始めた。

〈ハハハハハ。面白い。答え次第ではお前達を喰ってしまおうと思っていたが気が変わった。友達になろうではないか〉

その言葉を合図にして、河口近くにいたファイアードラゴン達が俺達の方に飛んでくる。

どこにしまってあったのか、酒樽（さかだる）まで持っていた。

そのファイアードラゴン達が俺達の周りに着陸するなり、長だという目の前のドラゴンがニヤリと笑う。

〈ああ、気分が良い。今日は飲み明かそうではないか。ワハハハハハ〉

やってきた他のファイアードラゴンも、随分と楽しげだった。

よかった、戦いは回避できたか。

俺は目の前に置かれた酒樽からコップに酒を汲み、長のドラゴンが持つ酒樽にコップをぶつける。

ファイアードラゴン達はそれを見て、またしても楽し気に笑っていた。

オルトビーンやリリアーヌ達は、ここでようやく緊張がとけてきたようで、おそるおそる酒を飲みつつ、ファイアードラゴン達と喋り始めた。

長が酒樽を傾け、俺もコップの中身をグイっと飲む。

ハイドワーフ達と飲んだ酒よりもはるかに強く、あっという間に体中に酔いが回ってきた。

俺が目を白黒させているのを楽しそうに見ながら、長が語りかけてくる。

〈やはり酒の席は楽しいな。お前もそう思わんか〉

「ああ、まったくだ。戦いよりもよっぽどいい」

俺の言葉が気に入ったのか、長は楽しそうに咆哮をあげ、酒をガブガブと飲んでいく。

〈ガハハ、これでお前達は俺の友だ。よろしく頼むぞ……そうだ、お前の名は何という？　我の名はニブルだ〉

「俺の名はエクト。ここから少し離れた場所にある、連峰の麓の城塞都市アブルの領主だ」

〈ほう、城塞都市か、面白そうではないか……だが、エクトの治める土地ならば攻撃はしないでおこう。ドラゴンは友を裏切らないからな〉

「ありがとう、これからもよろしく頼むよ」

よし、これでファイアードラゴン達との戦いは避けられたな。

このことだけでも、この遠征の大きな成果だろう。

宴を終えた俺達は、活火山を下り、ボーダへの道を進んでいた。

リンネの回復魔法のおかげで、酔いもすっかり冷め、足取りも軽やかだ。

そんな中、オルトビーンが微笑みながら近付いてきた。

「やれやれ、どうなることかと思ったよ……でも、師匠もそうだけど、高い知能を持つドラゴン種は、義理固いと言われている。これで城塞都市アブルがファイアードラゴンから狙われることはないだろう」

「ああ、それだけでも安心できるよな……さあ、今日は疲れたし早く帰ろうか」

俺の言葉に、全員が力強く頷いた。

まぁ、ドラゴン亜種との戦いとファイアードラゴンとの邂逅で、肉体的にも精神的にも疲れているしな。

その後、運よくバイコーンの群れを見つけた俺達は、ルーダにテイムしてもらい、騎乗してゆったりとアブルへと帰るのだった。


日が暮れる頃、第二外壁の門の前に辿り着いた俺達のもとに、警備隊長のエドが慌てた様子でやってきた。

「エクト様！　お待ちしておりました！」

「どうしたんだ？」

「外交官のアントレが、行方不明になりました。数日前から姿が見えず、本日の重要な会議にも現れなかったため家に行ったところ、もぬけの殻でして……その後都市内を捜し回ったのですが、長城に駐屯する騎士団より、『アントレ外交官なら二日前に、大荷物を持って帝国側に抜けていった』という報告があったのです。どうやら仕事があると主張していたため、騎士団もそれを信じて通したそうですが……」

うーん、外交官という役職ではあるが、王国内の他の貴族との折衝を任せていたから、帝国に行くような仕事はないはずなんだよな。

「オルトビーン、どう思う？」

俺の問いかけに、オルトビーンが珍しく険しい顔をする。

「うーん、何かしら帝国の情報を探りに行った可能性もなくはないけど……元々帝国の手の者で、俺達の情報を持ち帰ったと考えて動いた方がいいかもね」

「……はぁ、やっぱりそうか」

俺がため息をつくと、エドが恐る恐る尋ねてくる。

「どうなさいますか？　今からでも追いますか？」

「いや、おそらく既にミルデンブルク帝国に入っているはずだし、アントレを捜すために大人数を送り込めば、ファルスフォード王国から戦争を仕掛けたことになりかねないからやめておこう」

俺の言葉に、オルトビーンも頷いた。

「そうだね。ただ、これで城塞都市アブルの防衛網の情報をミルデンブルク帝国に全て盗まれたというわけだ。これは手痛いことだよ……逆に、アブルの万全の守りを知って侵略を諦めてくれたらいいんだけど……」

「そうはいかないだろうな」

「はぁ、そうだよね。なんだかんだ言って、俺達の兵数はまだまだ少ないから、帝国側が大量に兵を送り込んでくれば負けかねないし。こうなったら、急いで軍備を拡張しないと。帝国はアントレの情報に従って軍を編制してくるだろうから、それを打ち破れるだけの備えをしよう」

オルトビーンのその言葉に、俺達は力強く頷くのだった。


それからは、怒濤の日々だった。

なにせ急ピッチで防衛体制を強化しないといけないのだ。

まずはダイヤウルフとバイコーンについて、テイムする数を更に増やし、山頂のダイヤウルフは四百体に増員した。

万が一ルーダがやられてしまえば、テイムしている魔獣が解放されてしまうので、ルーダにはアブルで待機してもらうことになっている。魔獣達は俺達の命令を聞くようになっているので、この方法でも問題ない。

長城の砦の屋上で訓練を続けてきたアブル騎士団は、この半年近い訓練期間によってかなり体力もついて、長城の上でも問題なく動けるようになっていた。

基本的には大砲を放ち、万が一敵が長城に登ってくるようなことがあれば、長城の上で戦ってもらうという大役がある。

また、長城のミンデンブルク帝国側には、深さ五メートル、幅五メートルの堀を作っておいた。

これで山頂まで登ってきたミルデンブルク帝国兵士も、すぐには長城の砦に取りつくことはできないだろう。

加えて、そちら側の斜面に、オルトビーンに作ってもらったロックゴーレムを設置しておいた。

一見ただの大岩だが、敵が近付くと自動的に攻撃するようになっている。

これでよほどのことがない限り、長城が破られることはないだろう。

そしてこれが大本命の作戦に重要な仕掛けなのだが、アブルの近くの山肌から穴を掘り、ミンデンブルク帝国の森林を越えたあたりの地下まで、巨大な通路を作った。

高さメートル、幅十メートルという広さで、バイコーンに乗った兵士数百人が余裕で通れるようになっている。

帝国軍がアブルケル連峰に登ったところで、バイコーンに乗って一気に移動し、背後を突くという作戦だ。こちらにはアブル警備隊と狩人部隊、そして俺、リリアーヌ、リンネ、『進撃の翼』の五人が参加する予定になっている。

おそらく本陣は後方、つまり森林か平地のあたりに敷かれるはずなので、そこを急襲し大将首を押さえ、そのまま帝国軍を撤退させるのが目標だな。

念のため、ハイドワーフ達にも声かけをして、住人と一緒にアブルの防衛にあたってもらう予定だ。

せっかくなので、アブルの第一外壁と第二外壁の上に、それぞれ大砲を百門設置してもらった。

　また、リンネ以外の回復魔法士は全て城塞都市アブルの治療所に残ってもらっている。

　大量のポーション、マナポーション、ハイポーションを作成してもらったので、アブル騎士団、アブル警備隊、狩人部隊に配って、残りは長城に保管することにした。

　そんな準備を進めている間に、ミンデンブルク帝国側にも動きがあった。

　国境地帯周辺に兵が集まってきて、駐屯地を作り始めたのだ。

　さらに、ミンデンブルク帝国軍のワイバーンと竜騎士が、編隊を組んで飛んでいるのも確認できた。今では堂々とこちらを偵察して、ミルデンブルク帝国側へ戻っていく日もある。

　どうやらかなりの数を揃えているらしく、あのワイバーンを落とせるかどうかで、大きく戦況が変わるだろう。

　日が経つに連れて、ミルデンブルク帝国軍の兵士達は増大していく。

　ゲオルクによれば、あの規模であれば一万人ほどの兵士が集まっているとのことだった。

　それだけミルデンブルク帝国も今回の侵攻は本気なのだろう。

　そしてついに、数日前から新たな兵の合流が見受けられなくなった。

　これはいよいよ侵攻が始まるとみていいはずだ。

　俺はオルトビーンに、陛下に状況を伝えるように頼んでから、はるか眼下のミンデンブルク帝国の軍勢を見下ろす。

　来るならいつでも来い！

閑話　新領主と父上の共同戦線

「ベルドよ！　門を開けよ！」

父上であるランド・グレンリード辺境伯が私兵三千名を連れて、城塞都市ボーダにやってきた。

「父上、何が起こったのですか？　こんな辺境まで父上が来られるなんて」

「うむ、ミンデンブルク帝国がこのファルスフォード帝国に侵攻してくるという情報があってな」

「なんと！　それではこの兵は、帝国軍を迎え撃つためのものですか？」

「ああ。しかし最初に敵と矛を交えるのは我らではない」

「……アブルケル連峰と未開発の森林を領地とするエクトですね」

俺が苦々しくそう言うと、父上は頷いた。

「ですが父上。エクトはこのボーダにいた住民の一部を連れていきましたが、軍などは持っていないのでは？」

「……エクトは現在、ヘルストレームという新たな姓を得て、辺境伯となっている。さらに、アブルケル連峰になにやら砦のようなものを、麓には城壁都市を作っているという話もある」

え！　私の聞き間違いですかね？　エクトが辺境伯？

「それなりの軍事力はあるはずだが、所詮(しょせん)は辺境伯になったばかりの土魔法士だ。国境を守り切れん可能性は高いだろう。そうなれば、次に戦場となるのは我らがグレンリード辺境伯領だ」

父上は落ち着くためにか、一度大きく息を吐く。

「さらに言えば、最初に狙われるのは、最も未開発の森林に近いボーダだ。だから私自ら兵を率いてきたのだよ。ベルド、お前もアハトを連れて私の軍に力を貸し、功績を立てよ！」

父上が私達兄弟に協力を求めている。

こんなことは初めてだ！

「は！　もちろんです！」

「侵攻はまだ始まっていないが、近日中にも始まるという見立てだ。その間に城塞都市ボーダの防衛力を増強させるのだ……何か案はあるか？」

父上は試すようにそう尋ねてくる。

「そうですね、城塞都市ボーダの周囲に深さ五メートルの堀を作ろうと思います。そうすればボーダの防備はより堅固になります」

「うむ、良い提案だな。先日貸し与えた兵士を使って、即座に作業に取りかかれ」

「わかりました！」

父上はそれだけ言うと、私兵達の元へ戻られてしまった。

それと入れ違いのようにして、アハトが欠伸（あくび）をしながら二階から降りてくる。

まだ緊急事態とは知らないためか、すごく平和そうな表情だ。

そしてさらにのんびりとしたことを言い始めた。

「今、父上の声が聞こえたと思うけど、姿がないところを見ると夢だったか？」

「馬鹿者！　今、父上が城塞都市ボーダに到着されたのだ。ミルデンブルク帝国軍からの侵攻に備えよということだ」

　敵国の侵攻をアハトに伝えると、口をポカーンと開けて驚いていた。

「アブルケル連峰では、エクトが帝国軍の侵攻を阻止するべく備えているようだが、もしエクトが失敗したら、ミルデンブルク帝国軍は未開発の森林を抜けてここに来る」

　段々と状況を掴めてきたらしく、アハトの表情が真剣なものに変わる。

「そのため、父上は私兵三千名を連れてここまで来られたのだ」

「この城塞都市ボーダが戦場になるわけか？」

「そういうことだ！」

　俺が頷くと、アハトが慌て始める。

「お、俺達も父上の軍に参加して何かしたほうがいいんじゃないか？」

「それはもう私が進言した」

　俺の答えに、ほっとするアハト。

「俺達は何をすればいいんだ？」

「俺達は城塞都市ボーダの外壁の外側に深さ五メートルの堀を作ることになった。父上からお借りしている兵士でやるように言われている」

　アハトが拳を握りしめて、肩を震わせている。

「やっと俺達も敵兵と戦うことになるのだな。武者震いが止まらないぞ！」

「早まるな。エクトが負けた時の備えだと、父上は仰せだった」

「エクトに何ができるというんだ、あんな土使いに！」

「父上が言うには姓も変えて、今はエクト・ヘルストレーム辺境伯になったらしいぞ」

アハトが怒りの表情を露わにする。

「辺境伯！　父上と同じ爵位ではないか！　エクトが辺境伯などと許せん！　絶対に許せない！」

それは俺も同じ気持ちだが……今はそれどころではないだろう。

「それで、詳しい作戦は父上から聞いたのか？」

「いや、まだだが」

「それじゃあ兵士達に堀を作るように指示してから、父上のもとに行こう」

「そうだな」

俺達は邸を出て兵士に指示を出すと、父上がいる天幕に向かった。

「失礼いたします。父上」

「うむ。ベルドとアハトか。いったい二人でどうした？」

「父上のことですから、既に作戦を考えられていると思いまして」

「うむ、考えておるわ。今回の作戦は単純明快だ」

父上はニヤリと笑って地図を広げる。

「私達には大きな味方があるではないか！」

味方？　地図を見て俺は悩む。アハトも悩んでいるようだ。

「二人とも、未開発の森林で魔獣と戦ったことはあるか？」

「はい、屈強な魔獣ばかりで開拓には苦労しております」

そう答えると、父上は笑みを深める。

「その魔獣達が今回の我々の味方よ。ミルデンブルク帝国軍が侵攻してきたとしても、未開発の森林から出さなければどうなる？」

「それは……なるほど、ミルデンブルク帝国軍は屈強な魔獣達と戦うことになりますね」

その方法がとれれば、俺達はほとんど消耗せずに、帝国軍の数を減らすことができる。

「我々は城塞都市ボーダにおり、ミルデンブルク帝国軍が未開発の森林から逃げてきたところを叩いて、また追い返すだけでよい。それだけでこの戦に勝てる」

さすがは父上だ。私兵を減らすことなく、最大の成果をあげる作戦を考えておられる。

「我が私兵二千名を以て、アブルケル連峰側にあたる中央を担当する。ベルド、アハトはそれぞれ六百名を持って、右翼と左翼を担当せよ。この戦い、エクト・ヘルストレーム辺境伯が負けても、我々で勝てばよいのだ」

父上は恰幅（かっぷく）のよい腹をさすりながら、大声で笑った。

その余裕の態度に、俺もアハトも勝利を確信し、笑い声を上げる。

しかし、本当にエクトは負けるのだろうか？

第12話　ミルデンブルク帝国軍の侵攻

陛下達に状況を伝えた二日後、俺、エクトが長城から監視していると、遂に帝国軍がこちらに向かって進んできた。

小さいながらも、角笛(つのぶえ)の音も聞こえてくる。とうとうミルデンブルク帝国軍の侵攻作戦が始まった。

「さあ、ミルデンブルク帝国軍が動き始めたぞ！　俺達も持ち場につくんだ！」

「「「「おう！！！」」」」

俺の言葉に、その場にいた『進撃の翼』の面々やゲオルグ、騎士達から、気合いの入った声が返ってきた。


最初に近付いてきたのは、ワイバーンに乗った竜騎士の部隊だった。

大砲が届く範囲にいるうちはまだいいが、それ以上接近されると、魔法や弓矢で対応しないといけないので厄介だ。

ドリーンやセファーが魔法を放つ横で、頭上まで近付いてきたワイバーンに向かって、土魔法の《土柱手(どちゅうしゅ)》を使う。

これは手の平から土の柱を生み出し、その先に作った手を操るという魔法だ。

通常手が届かないところにも、文字通りに手が届くというわけである。ロボットアームのようなものだな。

俺は《土柱手》でワーバーンの尻尾を掴むと、そのまま《土柱手》を縮めて、空中のワイバーンに接近していく。

俺を振り落とそうと暴れるワイバーンの背に乗り込むと、操っていた竜騎士を斬りつけ、そのままワイバーンの首も貫いた。

当然ワイバーンは落下し始めるのだが、俺は再び《土柱手》を伸ばし、次のターゲットの翼を掴む。

そしてさっきと同じように接近してから、その翼を斬り落とした。

今度は近くに他のワイバーンがいないので、俺は背中からハンググライダーのような形状の《土翼(どよく)》を魔法で生み出し、水平飛行に移る。

そのまま滑空(かっくう)してもう一組のワイバーンと竜騎士を倒したところで、俺は地上に一度戻ることにした。

《土翼》で滑空しつつ長城の上まで戻ると、セファーが風魔法の《浮遊》をかけてくれたので、《土翼》を解除して地上に降り立つ。

そんな俺に、アマンダが駆け寄ってきた。

「まったく無茶をする。あんなことができるなんて聞いてないぞ。まさか土魔法で背中から翼を出すとは思わなかった」

「けっこう上手くいっただろう？」

アマンダは呆れた顔で俺を見る。

「ワイバーンと竜騎士は大砲とか魔法士に任せておけばいいんだから、焦る必要はないだろう」

「そうだね。ちょっと無茶をした……というか、俺が空中で戦っていると大砲を撃てなくなるのか」

どうも大砲の音が聞こえなくなったと思ったんだけど、俺のせいだったか。

そう思い至ると同時に、砲撃が再開する。

ワイバーンと竜騎士は大砲の砲弾を浴びて、数を減らしていく。

砲弾の雨を抜けても魔法士や俺に迎撃されることを理解したからか、無理に突っ込んでくることもない。

大砲の弾が届かなくなるギリギリまで下がって、様子見をすることにしたようだった。

山肌を見下ろせば、帝国軍の兵士達はまだ、森林を抜けていないようだった。

森林を越えた岩場では、唸り声を上げるダイヤウルフ達と、岩に擬態したままのロックゴーレムが、兵士達の到着を待っている。

このまましばらく膠着(こうちゃく)状態になるだろうと息を吐いた瞬間、敵のワイバーンが突如突っ込んできたかと思うと、ブレスを吐いてすぐに離れていった。

なるほど、ヒットアンドアウェイ戦法をとるつもりか。

しかし、大砲を恐れているのかブレスを吐く位置が遠く、長城に当たっていない。

長城にブレスを当てられるほど近付いたワイバーンもいたが、大砲や俺が伸ばした《土柱手》によって墜落し、下で待ち構えていたダイヤウルフにズタズタにされていく。

その背に乗っていた竜騎士は必死で剣を振るうが、ダイヤウルフ達の見事な連携で追い詰められていた。

そして、ここにきてようやく、敵国軍の兵士達が森林を抜けて岩場を駆け上がってきているのが見えた。

しかしそれも、ダイヤウルフやゴーレムによって、あっさりと阻まれている。

この分なら、ここまで敵兵が登ってくることはないだろう。

「よし、長城から降りよう。地下道を通って帝国軍の背後をつくぞ！」

俺達はオルトビーンの転移魔法陣でアブルまで戻り、アブル警備隊、狩人部隊と合流する。

「それじゃ、これから地下道を通ってミルデンブルク帝国へ乗り込むよ。皆、ここからが本番だ！」

「皆、頼んだよ」

オルトビーンのその言葉に見送られ、バイコーンに騎乗した俺達は地下道を駆けだした。

俺、リンネ、リリアーヌ、『進撃の翼』の五人、アブル警備隊、狩人部隊からなる強襲部隊は、地下道の終着点まで辿り着いた。

念のため《地質調査》で地上に敵がいないかを確認してから、土魔法で地上まで続く道を作っていく。

地下道の出口から差し込んでくる日光が眩しい。

少しだけ頭を出して周囲を確認してみると、どうやらここは敵が連峰の麓に作った野営地の背後
五百メートルくらいの場所のようだ。

よし、予想通りの場所に出たな。

大きな天幕と旗があるから、おそらくあそこが敵の本陣だ。

兵士の数はざっと三千人近いと思われるが、皆山の方に意識が向いていて、こちらには気付いて
いない。

今がチャンスだな。

「皆、敵はこちらに気付いていない。敵の本陣をとれば、この戦いは終わるぞ！　――出陣！」

俺が号令と共に駆け出すと、皆も続々と地下道から飛び出してついてくる。

五百メートルなんて、バイコーンに乗っていれば一瞬だ。

帝国軍はこちらに気付いたようだったが、陣形を整えるよりも先に俺達は敵陣に突入した。

虚を突かれた帝国兵は慌てふためくばかりで、ろくな反撃をしてこない。

俺達は武器を振るい、魔法を放ち、次々に敵の息の根を止めていく。

そしてついに、本陣の天幕が見えてきた。

「よし、俺達が突入する！　アブル警備隊は天幕の周りの敵を排除、狩人部隊は引き続き敵陣を走
り回って混乱させろ！　行くぞ！」

俺とリリアーヌ、リンネ、『進撃の翼』の面々はバイコーンから降りると天幕に突っ込んだ。

中にいたのは二、三名の警備らしき兵士と、立派な身なりの男達が五人ほど。その中には、アントレもいた。

やはり裏切って情報を流していたんだな。

「何だ、貴様達は！」

一番奥に座っていた、最も屈強で身分が高そうな男――おそらく総大将が立ち上がって叫ぶが、それを無視してアマンダ、オラム、セファー、ドリーン、ノーラが、そいつ以外の男達を切り倒す。

アントレは何かを言おうとしていたようだったが、その前にリリアーヌの《氷結》によって、氷の彫像に変えられていた。

「裏切り者の言い訳など聞きたくありませんわ」

リリアーヌが冷たく言い放つ。

俺は最後に残っていた総大将らしき男の首筋に、アダマンタイトの剣を突きつけて、殺気を放つ。

「無駄な抵抗はするな……余計なことも考えるなよ」

俺の言葉に、男は腰に伸ばしかけていた手をだらりと下げだ。

「……わかった。お前は何者だ？」

「俺の名はエクト・ヘルストレーム。ファルスフォード王国の辺境伯だ」

「そうか、お前がアントレが言っていた者か」

男はちらりとアントレだった氷の彫像を見る。

俺は男の腰から武器を没収すると、土魔法《岩枷(いわかせ)》を発動して男の腕を岩で固定し、抵抗できなくする。

「お前の名前は何だ？」

「俺の名前はマルバス。常勝将軍マルバスだ」

大層な二つ名だな。

「帝国軍の全兵士に、投降を伝えろ。さもなくば命はないぞ」

「そんなことは断じてせぬ！　俺を殺すがいい！」

「勘違いするな。お前の命ではない。帝国軍の兵士、全ての命だ……この天幕にいたのが、今回の指揮官達だろう？　お前が死んだあと、どうやって戦いを続けるつもりだ？　指令が無ければ戦線が瓦解(がかい)して、俺達が圧倒的に有利になる……それくらいわかるだろう」

マルバスが俺を睨み付けて、拳を震わせる。強く歯を噛み締めすぎているのか、口の端から赤い血が流れ落ちた。

「……わかった。伝えればいいのだろう！」

俺は首に剣を突きつけたまま、マルバスを天幕から連れ出す。

「さあ、言え」

「……くっ。帝国の兵士達よ！　武器を捨て投降せよ！　前線の兵士達にも伝えるのだ！」

マルバスの大声に、周囲にいた兵士達が目を丸くする。

「我が名はエクト・ヘルストレーム！　帝国兵よ、貴様らの本陣は陥落し、総大将の命は俺が握っている！　余計な抵抗はするな！」

続けて俺がそう言うと、兵士達は大人しく武器を捨てた。

正直なところ、マルバスを見捨てて俺達を殲滅しようとする者もいるかと思っていたのだが……

どうやら彼は、随分と慕われているらしいな。

伝令の兵士達が、アブルケル連峰の方へと走っていくのが見えた。

俺も狩人部隊の一人を伝令に出し、戦いが終わったことをオルトビーンに伝えさせる。

それから一時間ほどで、撤退の命令が行きわたったようで、ワイバーンや竜騎士、森林にいた兵士達が戻ってきた。

その中に将軍クラスの指揮官がいたら、マルバスを救うために戦闘を仕掛けてくる可能性があるかもしれないと警戒していたのだが、それは杞憂だったようだ。

指揮官達も大人しく投降し、今は俺達の前に座っている。

「これで全軍か？」

「ああ。森林を抜けた者達は皆、ダイヤウルフとロックゴーレムにやられて、兵数も当初の七割を切った。これ以上抵抗する気はない」

なるほど、随分と大人しいと思ったら、そんなに消耗していたのか。

俺はマルバスに向き直って口を開く。

「さて、全軍集まったところだが……悪いがワイバーン達はすべて処分させてもらうぞ」

「そんな！　我がミルデンブルク帝国軍精鋭の竜騎士部隊が！」

「竜騎士の命まではとらないから安心しろ。お前達の命を保証するのに必要な犠牲と思ってくれ」

俺がそう言えば、マルバスは黙り込んだ。

それから俺の指示で、狩人部隊によって全てのワイバーンを処理していく。

正直、ほとんど無抵抗の魔獣を倒すのはかなり抵抗があったのだが、仮にここで解放して、再び帝国軍の戦力になるのだけは避けたい。

未開発の森林に生息する魔獣と同じだと思って、命を頂くことにした。

「……これからどうするつもりだ？」

マルバスが悔し気に、そう尋ねてくる。

「お前にはファルスフォード王国王都ファルスまでついてきてもらう。そこで今回の侵攻について、目的や経緯などを洗いざらい話してもらおうか。その間、他の兵士達は捕虜として拘束することになるな」

「……わかった。お前の言うことに従おう。戦で負けたのだ、ミンデンブルク帝国将軍の地位と誇りにかけて、嘘はつかないと約束する……その代わりに、兵士達の命を助けるのだぞ！」

「ああ、もちろんだ。お前が嘘をつかない限りはな」

俺の言葉に、マルバスはどこか安堵したように息をつくのだった。

それから俺達は、捕虜となった帝国兵を連れて、ここに来る時に使った地下道に入っていく。

ちなみに捕虜となった敵兵だが、かなりの人数になるため、この地下道を少し改造して簡易的な牢獄にして、いったんそこに収容する予定だ。

アブル側の出口に到着したところで、ここまでの通路を閉ざして土魔法で強固に固める。

そしてマルバス将軍だけを連れて地下道から出ると、空気や光が入ってくる隙間は作りつつ、帝国兵が逃げ出せないように土魔法で入口を塞いだ。

山をくり抜いた洞窟の入口に柵を嵌めて牢屋にしたようなイメージだ。

帝国兵の監視をアブル警備隊と狩人部隊に任せ、俺はマルバスを連れてアブルに入る。

「アントレに聞いていた時は半信半疑だったが……実際に見ると凄まじい都市だな」

アブルの外観と町並みを見たマルバスは、感心しっぱなしだ。

そんなマルバスを連れてアブルの中心地に向かうと、オルトビーンが待っていた。

「おかえり、エクト。この人がミルデンブルク帝国軍の総大将の将軍かい？」

「ああ、そうだ。王都へ行く準備はできているか？」

「もちろん！　先に一度行って、宰相にも勝利を伝えてあるよ……それじゃあさっそく行こうか」

オルトビーンが既に描いていた転移魔法陣に、俺、オルトビーン、そしてマルバス将軍が乗る。

眩い光と共に、俺達は王都ファルスの王城に転移したのだった。


今回の転移先には、グランヴィル宰相が待ち構えていた。

「エクトよ、今回はよくぞ帝国軍を退けてくれた。無事で何よりだ」

「心配ありがとうございました……オルトビーンから聞いているとは思いますが、敵将を連れてまいりました」

俺が背中を押すとマルバスは一歩前に出て、グランヴィル宰相を見据える。

「ミンデンブルク帝国将軍、マルバスだ。貴殿はグランヴィル宰相だな」

「ああ。まさか敵将がかの高名な常勝将軍だったとはな。安心しろ、素直に全てを吐けば悪いようにはせぬ」

「ここまで来て悪あがきはせぬ」

「お互いのためにもそうしてくれ……近衛兵！　マルバス将軍を連れていけ！」

近衛兵がマルバス将軍を連行していくのを見て、グランヴィル宰相がほっと息をつく。

そしてオルトビーンと俺を見て、口元を緩めた。

「本当にご苦労だったな。しかしこれから、戦後処理が残っている。マルバス将軍の尋問が終わり次第、侵攻に対する賠償請求と捕虜となった敵兵士達の処遇について、ミルデンブルク帝国に対して交渉を行なわなくてはならない。オルトビーン、もうひと働きしてもらうぞ」

「交渉の使者としてミルデンブルク帝国へ行けということだね」

オルトビーンが軽い調子でそう返す。

「そういうことだ」

「だけど、俺の転移魔法は行ったことのある場所にしか転移できないからね。帝国まで直接行かないと」

そうか、オルトビーンの転移魔法陣は、今回は使えないのか。

となると、誰かが護衛としてついていく必要があるな。

するとオルトビーンが片目をつむって、俺を見た。

「エクト、手伝ってくれるかな？」

やっぱりそうなるよな。

だが、俺としても嫌なわけではない。

帝国がどんなところか気になるからな。

「ああ、もちろんだとも。『進撃の翼』の皆も一緒に行ってもらおう」

オルトビーンに頷く俺を見て、グランヴィル宰相も深く頷く。

「あちらに向かうのは、マルバス将軍から情報を引き出したあとになる。二人共、心して交渉にあたるように」

「「わかりました！」」

「それでは、頼んだぞ」

グランヴィル宰相はそう言い残して、先程マルバスが連れて行かれた方向へと去っていった。

さて、ゆっくりしている暇はないな。

俺とオルトビーンはさっそくアブルに戻って、戦後処理と帝国行きの準備を進めることにした。

第13話　戦後処理と戦いの褒賞

アブルに戻った俺はさっそく、捕虜となった帝国兵を収容するための建物を建造し、引き続き監視下に置くことにした。

これで、帝国に繋がる地下通路が再び使えるようになった。

今回は長期間アブルを離れることになるので、リンネとリリアーヌにはアブルに残ってもらう。

帝都に同行する『進撃の翼』の面々は、初めての土地にウキウキと準備を進めていた。

そうして三日ほど経ったところで、尋問が終わったということでオルトビーンが王都に呼び出され、マルバスを連れて戻ってきた。

尋問の結果わかったことは、大したことはなかったそうだ。

そもそも帝国内では数年前から、領土拡大のためのファルスフォード王国侵攻の計画があり、その一環として、マルクプス公爵の取り込みやアントレなどのスパイの送り込みをしていたとのこと。

アントレ以外のスパイについては、マルバスの証言で逮捕されたらしい。

マルバスの関与していないスパイもたくさんいるだろうから一網打尽(いちもうだじん)できたとは思えない、なんて宰相が愚痴(ぐち)を言っていたと、オルトビーンから聞いた。

もっといろいろマルバスから聞き出したと思っていたのだが、宰相曰(いわ)く、「ここでマルバス将軍を必要以上に痛めつければ、交渉に差し支える可能性がある。できるだけ無事な状態で帝国に送り返さねばならん」とのことだそうだ。

まぁ、国家間の交渉事は俺にはよくわからないので、宰相の言う通りなのだろうと思うことにした。

そんなわけで、マルバスがアブルに戻ってきたため、俺達はさっそく出発することにした。

俺、オルトビーン、『進撃の翼』の五人とマルバスは、バイコーンに乗り込む。

ちなみにマルバスは、さすがにここにきて逃げ出すことはないだろうというのと、仮に逃げようとしてもすぐに捕まえられるので、自由に行動してもらうことにする。

アブルケル連峰の麓からミルデンブルク帝国の帝都までは馬で一ヵ月、バイコーンなら十五日といったところか。

俺達はリリアーヌとリンネに見送られ、アブルを発つのだった。


アブルを出発して十五日後、俺達は予定通りミンデンブルク帝国の帝都に辿り着いた。

さすが帝国と言うべきか、帝都はファルスフォード王国王都の三倍は広く、街中の賑(にぎ)わいも比べ物にならないほど活発だ。

マルバスは常勝将軍と呼ばれるだけあって、街中でも声をかけられることが多かったのだが、帝城に辿り着いた時には、兵士達がかなり騒いで、俺達は囲まれてしまった。

そりゃそうか、帝国側にしてみれば、ファルスフォード王国侵略戦争の総大将であるマルバスが、特に兵士も連れずにこんなところいるのはおかしいと考えるのが当然だ。

「待て、お前達。この者達はファルスフォード王国からの正式な使者だ、剣を下ろせ。皇帝陛下に俺が戻ってきたことと、使者がいることを伝えよ」

マルバスがそう言えば、兵士達は大人しく剣を下ろし、俺達は貴賓室に通された。

マルバスは別行動になったが、おそらく皇帝に事情を説明しに行ったのだろう。

「なぁ、皇帝に会えると思うか？」

「正式に身分を明かしたわけだし、会えないことはないと思うよ……ここにいる間に襲われる可能性もなくはないけど、俺達が規定日以内に戻らなかったら捕虜を処刑する手はずになっていることもマルバスには教えているから、まぁ大丈夫でしょ」

俺の質問にオルトビーンが冗談めかして答えた。

……皇帝が、兵士の命なんてどうでもいいからって俺達を殺す可能性もあるよな？

俺と『進撃の翼』の面々は、思わず身構えるのだった。


一時間ほどで、俺とオルトビーンは謁見の間に通されることとなった。アマンダ達はここで待機だ。

謁見の間の前に控えている近衛兵に武器を預け、緊張しながら謁見の間に入る。

中には兵士達がずらりと並んでおり、奥の玉座には既に男が座っていた。

頭には少し白髪が目立つが、その目は鋭く、厳つい顔は獅子を連想させる。

男はゆったりと、口を開く。

「我がミルデンブルク帝国の皇帝、ゲルド・ミルデンブルクである。ファルスフォード王国からの使者よ、よく帝都まで来た」

先頭に立っていたオルトビーンは優雅に一礼をする。

「俺はオルトビーン・ガーランド。ファルスフォード王国の宮廷魔術師だよ」

「ほう、そなたが高名な賢者オルトビーンか……して、今日は何用だ？」

「マルバス将軍から聞いてるんだろう？　アブルケル連峰からのファルスフォード王国侵攻作戦は失敗、俺達の勝利に終わった。その損害賠償請求と、我々が捕らえた帝国兵の処遇について話しに来たのさ」

皇帝はジロリとオルトビーンを睨むが、当のオルトビーンは、澄ました顔で視線を返す。

すると皇帝はため息をついた。

「ふん、まさかファルスフォード王国……いや、あんな辺境の領主ごときに敗戦するとは思わなかったわ」

王国貴族を取り込んだりスパイを送り込んだりと、相当な準備をしていただけに、敗戦するとは思っていなかったのだろうな。

まぁ実際問題、俺が土魔法で地下道を作れていなかったら、物量に押されてこちらが負けていただろうとは思う。

とはいえ、結果的に勝ったのはこちらだ。

当然要求に応じるものだと思っていたが……

「国同士が争うのは世の常。ゆえに賠償請求には応じない」

皇帝はそう、堂々と言い放った。

「それから、帝国兵も解放せよ。あれ以上の戦力で、国土を蹂躙されたくなければな……今ここで、貴様らの首を落としてもいいのだぞ？」

「まるで戦勝国のような態度だね。絶対に交渉には応じないつもりかい？」

「我を誰だと思っている。ミルデンブルク帝国の皇帝であるぞ」

皇帝は座ったままだが、すさまじい威圧感を発してきた。

彼個人の戦闘力はそう高くないはずだが……これが大国を統べる男の貫禄というものだろうか。

しかしオルトビーンも負けていない。

「勘違いしないでくれ、勝ったのはこちらだ。そちらに選択肢はないんだよ。こちらが求めるのは、損害賠償としてアブルケル連峰の麓、森林も含めた平地一帯の領土。それから、帝国兵の返還については、一人につき大金貨二枚だ。嫌だと言えばどうなるか……わかるね？」

オルトビーンが捕虜の命を握っていることをほのめかすと、皇帝の表情がピクリと動く。

「……我が兵士の命のために、領土を手放すと？」

「さて、どうだろうね？」

オルトビーンの言葉を、皇帝は鼻で笑う。

「ふん、まあよかろう。要求を受け入れる。なに、また奪い取ればいいだけのことだ」

「そう簡単にはいかないさ。痛い目を見たくなければ大人しくしておいた方がいいよ」

オルトビーンがニッコリと笑う。

ゲルド皇帝陛下は目を細めて、体を前にする。

「オルトビーン、あまり調子に乗らない方がいい。今ここで貴様を殺せば、次の戦で勝つのは我々だということを忘れるな」

「いやいや、今回の戦は、俺はほとんど何もしてないよ。ミルデンブルク帝国軍を負かしたのは俺ではなくてこっちの男……エクト・ヘルストレーム辺境伯だよ」

え！　オルトビーン、そこで俺の名前を出すのか！

皇帝がジロリと、オルトビーンから俺へ視線を移す。

「ほう、報告に上がっていた辺境伯とは、このような若造だったとはな」

「若いからって舐めない方がいい。ミルデンブルク帝国は今後、彼に一度も勝てないんだから」

ちょっとオルトビーン!?　なんでそんな煽るようなことを言うんだ!?

「ほう……エクト・ヘルストレームよ。この度は我が帝国に勝利したこと、褒めてつかわす。しかし、二度目はないと思え」

ほら、目を付けられたじゃないか。

しかし相変わらずの上から目線で、少しカチンときた。

「ええ、好きなだけかかってきてください。二度と言わず三度でも四度でも、お相手してあげますよ」

俺が強気でそう言うと、皇帝はますます表情を険しくする。

「ふん。オルトビーン・ガーランド、エクト・ヘルストレーム。貴様達のことは忘れぬぞ。再び相まみえようぞ」

「光栄です、皇帝陛下……それでは割譲いただける領土のことですが――」

「具体的な土地については、このあと貴賓室に担当官を寄越そう。謁見はこれで終わりだ、退出するがいい」

オルトビーンの言葉を遮って、皇帝が不機嫌そうに言い放った。

「そうですか、かしこまりました。それでは皇帝陛下、お元気で」

オルトビーンは華麗に一礼して踵を返し、俺もそれに倣って、二人で謁見の間を後にする。

貴賓室に戻った俺達は、そのまま交渉に移ったが、細かい境界線については揉めたため、また日を改めて話し合うことになり、俺達はそのまま帝都を後にするのだった。


再び半月かけてアブルに戻ってきた俺達は、すぐに王城に呼び出された。

今回の戦の褒賞をあたえるという連絡があったのだ。

今日王城に来ているのは、俺、リリアーヌ、リンネ、『進撃の翼』の五人、そして珍しく、アブル警備隊長エド、狩人部隊隊長ルダンの二人を加えた十人だ。

謁見の間に通され、膝をついてしばらくすると、扉が開き玉座に人が座る気配がした。

「皆の者、面をあげよ」

顔を上げると、穏やかに微笑むエルランド陛下の姿が見える。

その横にいるのは、いつものようにオルトビーンとグランヴィル宰相だ。

「エクト・ヘルストレーム辺境伯、此度のアブルケル連峰の戦いでの勝利、ご苦労であった」

「ありがたきお言葉」

「ついては、褒賞を与える。エクト・ヘルストレーム辺境伯を陞爵し、侯爵に叙する。領土は新しくミルデンブルク帝国から奪った領土、アブルケル連峰、未開発の森林となる。常にミルデンブルク帝国から攻められる可能性のある領土だが、見事に守ってみせよ」

「仰せのままに」

やはりミルデンブルク帝国から奪い取る領土は俺の領地になったか。

それから次々に、褒賞を与えられる。

リンネ達は姓を与えられ、リンネと『進撃の翼』の五人が男爵に、エドとルダンは騎士爵となった。

ちなみに与えられた姓は、リンネ・ベルナール、アマンダ・マルシラック、ノーラ・スクラーリ、オラム・ハポン、セファー・ボーウェル、ドリーン・ベレッタ、エド・オーデン、ルダン・ボラットというものだった。

皆、単純に喜んだり涙を流したり、その場に平伏したりと反応は様々だ。

そして最後に、エルランド陛下がリリアーヌに視線を向ける。

「さて、リリアーヌ・グランヴィルよ。エクト・ヘルストレーム侯爵との婚約をここに認めよう」

リリアーヌは顔を真っ赤に染めて、目を潤ませて喜んでいた。

え？　俺、一切聞いてないんだけど？

俺の意思はどこへいったんだよ！

「陛下、少しお待ちを！　婚約って、俺は何も聞いていません！　それに、リリアーヌの祖父であるグランヴィル宰相閣下も反対のはず！」

そう言ってグランヴィル宰相に顔を向けるが、穏やかに微笑んでいるだけだった。

「初めてボーダ村に視察に行って以来、リリアーヌはエクトから絶対に離れなかったのだ。リリアーヌの気持ちは十分伝わっているよ。それに、エクトも侯爵になり家柄も問題ない。孫を末永く頼んだぞ」

えー！　反対しないの？

陛下を挟んで反対側に立っているオルトビーンも、悪戯っ子みたいな笑みを浮かべていた。

「エクト、安心して。これでリリアーヌはエクトの正妻になるけど、側室を娶ってもいいからね」

いや、そもそもリリアーヌの話も受け入れたわけじゃないのに、側室がどうとか気が早すぎないか？

助けを求めて皆の方に振り返るが、リンネ、アマンダ、オラムの三人は、なぜか気合いが入った表情になっている。

一方でセファー、ドリーン、ノーラ、エド、ルダンの五人は、楽しそうに拍手していた。

続けてリリアーヌに顔を向けると、瞳を輝かせて、俺の胸の中へ飛びこんできた。

「すごく嬉しい！　これからもよろしくお願いしますわ！」

そう言ってリリアーヌは俺の頬にキスをした。

……まぁ、別に俺もリリアーヌが嫌いなわけじゃない、というか好きだからいいんだけどさ。

「ああ、これからもよろしくな」

俺はリリアーヌを抱き締めて、頭を撫でてやる。

謁見の間は、朗らかな空気に包まれたのだった。

閑話　グレンリード辺境伯の実力

そろそろ戦が始まるという知らせがあってから数週間。俺、ベルドが治めるボーダは今、臨戦態勢にあった。

そんなある日、王都ファルスの王城から伝令がきた。

どうやらグランヴィル宰相からの書状らしいが……父上はそれを読んで、怒りの表情を浮かべた。

「父上、いったい書状には何と書いてあったのですか？」

「おお、ベルド。どうやらエクトがアブルケル連峰にて、ミルデンブルク帝国軍を退けたということだ。よって城塞都市ボーダには敵兵は来ないと書いてある」

それを聞いて、私は思わず安堵した。

これで城塞都市ボーダが戦場になることはなくなったのだ。

しかし、そんな弱気を父上に見せれば、何と思われるかわかったものではない。

そのため俺も憤ったフリをして、父上に問いかける。

「それでは我々の戦準備は無駄だったと？」

「そういうことだ！　せっかく敵軍と戦えると思っておったのに！」

父上は悔しそうな表情で、書状を握り潰した。

どうやら折角の戦の機会が失われたことがお気に召さないらしい。

「このままでは気が済まん。未開発の森林で魔獣を狩って、憂さを晴らすとしよう！」

未開発の森林へ魔獣を狩りに行くだと！　それは止めておいたほうが！

俺は慌てて父上を止める。

「父上、憂さなら酒でも晴らせましょう。今日は宴でもしませんか」

「何を言う。男なら戦場に出てこそよ！　ついて参れ！　魔獣との戦い方を教えてやろう！」

父上はそう言って、兵士達の元へ向かってしまった。

だめだ、こうなっては父上は止まらない。

俺は渋々、父上についていくのだった。

「それでは参るぞ！　我のミスリルの剣の冴えを見よ！」

父上と俺は、兵士三百人を連れて未開発の森林へ入っていく。

十分ほどでオーガ三体と遭遇したが、あっという間に兵士達が囲み、オーガは槍によって穴だらけにされた。

「ワハハハ。さすが我が精鋭達だ。どれ、まだ息があるようだから、私が止めを刺そう」

父上は恰幅の良い体を揺らしながら馬から降りると、オーガに迫って首を斬り落とした。

残りの二体についても、同じようにあっさりとその首を断ち切る。

そういえば、父上の剣はミスリル製だったたか。さすが、よく切れるな。

「ふん、未開発の森林の魔獣といってもこんなものか！　我の敵ではないわ！」

それからも俺達は進み続け、魔獣が現れては兵士達が槍で傷つけ、動きを鈍らせる。そしてそこに、父上が止めの一撃を入れるという、見事な連携を見せていた。

しばらくはオーガやオークなどの魔獣ばかりだったのだが、多少奥に進んだことで、トロルと遭遇した。

兵士達は槍を繰り出すが、皮膚を傷つけるだけで大きなダメージは与えられていなかった。

トロルが咆哮をあげながら棍棒を振り回すので、兵士達は近付くこともできなくなっていた。

「トロルごときに何を手間取っている。私が見本を見せてやろう」

そんな中、父上がそう言って、その恰幅の良さからは想像がつかないほどのスピードでトロルの一体へ接近する。

そして棍棒を持った右腕を切り飛ばすと、両足、左腕と斬り落として、最後に首を切り飛ばした。

残る二体についても、父上は同様にあっさりと屠った。

「ふむ、トロルとなると鉄製の武器では通用せんか。兵士達は魔獣を囲んで牽制するだけで良い。後は私が片付けるから任せるがよい」

父上はそう言って、腹を揺らして笑っていた。

さらに一時間ほど進んでいくと、体長十メートル以上あるサイクロプスが一体現れた。

まずい、またしてもやられてしまうんじゃないのか？

以前は全く歯が立たず、撤退するしかなかったのだ。

その時の恐怖が蘇るが、父上の号令で兵士達が槍を構えてサイクロプスを囲んだ。

しかし槍はサイクロプスの皮膚を傷つけるだけで、肉を引き裂くことはできない。サイクロプスは威嚇のつもりか、咆哮を上げる。

「ウガァァアアー！」

「私に任せろ！」

そう言って父上はサイクロプスの正面に立つ。

「私はランド・グレンリード辺境伯である。控えろ！　腰を屈めよ！」

父上、魔獣には地位などは通じません！　言葉も通じません！

「言うことを聞かぬというならば、力ずくで、お前を倒す！」

父上がそう言って剣を構えると同時に、サイクロプスが棍棒を振り下ろした。

間一髪でそれを避けた父上は、そのままサイクロプスの足元に駆け寄ると、剣を一閃。

槍では全くダメージを与えられなかったサイクロプスの左足が、大きく切り裂かれた。

「ウガァァアアーー！」

サイクロプスが悲鳴を上げてバランスを崩したところで、父上が右膝に剣を突き刺した。

とうとう立っていられなくなったのか、サイクロプスは手と膝を地面についた。

「やっと首に剣が届くようになったわ！」

父上はここが好機とサイクロプスの首に迫るが、ヤケクソ気味に振るわれた棍棒が当たり、吹き飛ばされてしまった。

「父上！」

俺は咄嗟に駆け寄り、父上を抱きかかえる。

「く、ぬかったわ！」

「父上、しっかりしてください！　あと少しでサイクロプスを倒せます！」

「ああ、だがすぐには立てそうもない……ベルド、これをお前に託そう」

父上はそう言って、持っていたミスリルの剣を俺に握らせた。

「わかりました、父上。見ていてください！」

正直不安はあるが、今はそうも言っていられない。

俺は立ち上がると、兵士達に号令を出す。

「兵士達よ。今の囲いのまま、サイクロプスを牽制せよ！　絶対に棍棒に当たるな！」

倒れ込んだところを槍に突かれ、サイクロプスは苛立（いらだ）っているようだ。

相変わらず棍棒を振り回しているが、その動きは闇雲だった。

よし、今がチャンスだ！

俺はミスリルの剣を右手で握って、突進する。

振り回される棍棒を掻い潜ってサイクロプスの首元に潜り込んだ俺は、剣を振り下ろす。

さすがに剣の長さが足りず、半ばほどまでしか切れなかったが、ものすごい勢いで血が流れていくためか、サイクロプスの身体から力が抜けていった。

そしてついに倒れ伏したサイクロプスの首を、完全に落とす。

これで俺達の勝利だ！

俺が父上のもとに駆け寄ると、すでにポーションを飲んですっかり回復しているようだった。

「やりました、父上！　サイクロプスを倒しました！」

父上にミスリルの剣をお返しする。

「うむ。さすがベルド、我が息子だ！　我らは無敵なり！」

「ありがとうございます……して、父上、今日はこのあたりでボーダに戻るのはいかがでしょうか？」

「うむ、それもそうだな。十分気は晴れたわ……皆の者、撤収するぞ！」

帰り道は強敵と遭遇することもなく、俺達は無事に帰還することができた。

それにしても、やはり父上は凄まじく強い。俺も父上のような領主になるべく、頑張らねばな。

第14話　新しい拠点建設！

俺、エクトが侯爵になってから一ヵ月。

今日はミルデンブルク帝国軍の捕虜を、帝国に引き渡す日だ。

俺達が帝都に行った日から、領土交渉は大いに揉めて、ついに決着したのは一週間前。

国境をどこに設置するか、なかなか決まらなかったのだ。

しかし最終的には、ファルスフォード王国の意向が反映されたものになった。

アブルケル連峰の麓にある森林と、その前に広がる平原――イオラ平原の全てが俺の領土になる。

イオラ平原は帝国にとってはかなりの辺境のようで、小さな村がいくつかある程度だ。

そして、この麓から五十キロメートルほど帝都に近付いたあたりに、魔の森と呼ばれる森があり、周囲には人々が住んでいないということだった。

そのため、一応その森の手前を基準にして、その近辺を暫定的(ざんていてき)な国境地域としている。

まぁ、どうせ帝国側はこの土地を取り戻そうと侵攻してくるだろうから、あくまでも仮のものだ。

実質的には、アブルケル連峰の麓あたりの土地をある程度自由に使うことができるようになったと考えていいだろう。

ともあれ、領土の線引きが決まったところで、ようやく捕虜を返すことになったのだった。

受け渡しは、以前の侵攻で帝国軍の本陣があった場所。

俺、オルトビーン、リリアーヌ、『進撃の翼』の五人、アブル騎士団二百名で、捕虜にしていた帝国兵を連れてきた。

ミルデンブルク帝国側からは、代表者としてマルバスが来ていた。

解放された捕虜達が、マルバスの後ろに控えるように移動していく。

捕虜にしていた兵士はかなりの数だったので、武器を持っていないとはいえ、ここで襲われたらひとたまりもないだろう。

そのため、捕虜解放の条件として、引き渡し日の戦闘行為を全て禁じていた。

マルバスが鋭い目で俺を見る。

「……次に戦になった時には、俺が勝つ！」

「悪いが次も俺達が勝つよ。ミルデンブルク帝国の好きにはさせない」

俺が余裕をもってそう言うと、マルバスは最後に俺を睨みつけ、「撤退！」と号令をかけて去っていった。

さて、これで戦後の処理が全て終わったな。

ここからは、手に入れた領土を発展させることを考えないとな。

さっそく俺は、拠点となる建物を近くに建設する。

少し広めに、騎士団も駐留できるような建物だ。

この建物はあくまでも仮のものなので、色々と準備が整ったら、またそれぞれの邸を作って、都市を大きくしていけばいいだろう。

建物を建て終わったら、二キロメートル四方の外壁を土魔法で生み出す。

バイコーン達には、この壁の中で自由にしてもらう。

それから騎士団の面々に休んでもらっている間に、俺、オルトビーン、リリアーヌ、『進撃の翼』の五人は一室に集まって、会議を開くことにした。

全員が椅子に座ると、オルトビーンがやる気のない声を出す。

「これで住む場所は決まったけど、これからどうするか、エクトはもう考えたかい？」

「ああ、とりあえず、帝国軍が攻めてくる可能性もあるから、外壁を増やそうと思ってるんだ」

リリアーヌがニッコリを微笑む。

「かつてのボーダや、アブルのような城塞都市ですわね」

「その通り。外壁の数も、三つにしようかなと思っているよ。それで、この平原にある村に住んでいる人に移り住んでもらおうと思っているんだけど……どうかな？」

俺の問いかけに、オルトビーンが微妙な顔つきをする。

「そうだね……ボーダとは違って、このあたりは魔獣が少ないようだから、魔獣から守る……って言っても、魅力的ではないだろうね」

少ないとはいえ村があるということは、普通に暮らせるだけの生活水準は維持できていて、村人達はそれに満足している可能性が高いということだ。

そんな土地の住人を一つに束ねるのは難しいな。

平和過ぎる土地というのも、統治しにくいものだな。

「うーん、気長に村人達を説得していくしかなさそうだ」

「説得材料はあるのかな？」

オルトビーンが興味深そうに聞いてくるが、俺は首を横に振る。

「いや、情報が足りないしまだ決まっていない。村々によって事情は違うと思うから、村の視察を始めてから決めることになるな」

「そうだね、とにかく調査から始めるしかないか」

オルトビーンの言葉に、俺は大きく頷いた。


翌日、俺達はバイコーンに乗り、一番近くの村へ足を運んだ。

家は二十軒近くあるが、どれも立派とは言えない。村全体が細い木の柵で囲まれているだけの貧相な村だった。

俺達はバイコーンから降りて、村人に村長を呼んでもらうように頼む。

やってきたのは、背中が少し丸くなっている男性だ。

「どうも、私はこのヘンダ村の村長で、ランダと言います。どうかされましたか？」

「俺はファルスフォード王国のエクト・ヘルストレーム侯爵。この度、イオラ平原はミンデンブルク帝国からファルスフォード王国に割譲されることになり、俺が領主となった。よろしく頼む……

それで聞きたいことがあるのだが、この平原で何か困ったことってないかな？」

ランダは首を傾げて悩んでいる。

「少し前に兵隊さんが通りかかったのは見ましたが、そんなことになっていたのですか。まぁ、この土地の領主は何もしないかわりに税も取らない、いわば私達は見放されたようなものでしたから、帝国だろうが王国だろうが変わらないのですが……それで、困ったことですか。このあたりは危険な魔獣もおらず平和ですし……ああ、畑を耕しても、作物が上手く育たないことですかね。本当に最低限の収穫量しかないです」

確かに畑はあるが、作物は随分とやせ細っているように見えた。

俺は片手を平地の地面に当てて《地質調査》をすると……なるほど、確かに土に栄養分が少ないな。

この土地なら、いくら畑を耕しても、よい作物は育たないだろう。

「もし、イオラ平原内にもっと作物を育てやすい土地があると言ったら、移住を考えてもらえるかな？」

「冗談はやめてください。私達のご先祖は、イオラ平原を動きまわり、もっともマシなこの地に住み着いたのです。イオラ平原全体が、枯れた土地なんですよ」

やはり簡単には信用してもらえないか。

「今日この後は他の村を見て回る予定だから無理だけど、今度、その土地に案内するよ」

「わかりました。そんな土があるなら、どこへでも見にいきましょう」

「それじゃあ、また来るよ」

俺達はランダに別れを告げると、バイコーンに乗り、次の村へと向かう。

そうしてひと通りイオラ平原を回ってわかったことは二つ。

一つは、イオラ平原にある村の数は十村ほどで、どこも人口は二百人程度だということ。全部で二千人くらいだな。

そしてもう一つは、どの村も作物が育ちにくく困っているということだった。

つまり、土の問題を解決すれば、村人達の信用を得られるに違いない。

そうだな……理想としては、森林から栄養のある土を土魔法で運んでこられればいいのだが、この平原全てを、というのは時間がかかる。

となると、ボーダやアブルと同じように、都市化した拠点の中に農耕地を準備して、一度移住してきてもらうのがいいだろう。

その後はイオラ平原全体の土を少しずつ良くしていって、最終的には都市の外でも農耕をできるようにすればいい。

よし、これでイオラ平原発展の道筋が見えたな！

それから一週間ほどかけて、俺達は拠点の拡大と、栄養豊富な土の運び込みをしていった。

まずは予定通り、拠点の外壁を三重にする。今の外壁の一キロメートル外に第二外壁、そしてその二キロメートル外に第三外壁を作った。

三つの外壁にはそれぞれ、東西南北に四つの大門を備えており、この門を使って都市に出入りするかたちになる。

もちろん、俺や『進撃の翼』、そして騎士達の家に、会議などで集まる時のための建物も作る。

そして今回も、俺の邸と『進撃の翼』の邸には露天風呂を、それに加えて、騎士団の長屋の近くに公衆浴場も作っておいた。

これで新しい城塞都市、イオラのほとんどが完成だ。

都市内に運び込む土は、アブルケル連峰の帝国側の麓にある森林の腐葉土を中心に、それだけだと足りなさそうなので、王国側の未開発の森林から、地下道を使って運んできた。

特に未開発の森林から持ってきた腐葉土は、ボーダやアブルで使っていたのと同じものだから、農作業にはぴったりだろう。

俺は腐葉土と元々あった土を混ぜると、ボーダで行なったのと同じように、《土壌改良(どじょうかいりょう)》という魔法を使った。

これは読んで字のごとく土壌を改良する魔法で、一定以上の栄養分がある土に魔力を与えて肥沃(ひよく)な土に変えるというものだ。

そうして準備が整ったところで、ヘンダ村の村長ランダや、他の村の村長を都市に案内した。

彼らはまず、突然現れた城塞都市イオラの立派さに驚き、そして都市内部の広大な敷地に敷き詰められた土を見て、再び驚いていていた。

ヘンダ村の村長ランダが驚いた顔で、土を見つめ、ぽつりとこぼす。

「こんな土は初めて見ました……この土でなら、うまく作物が育つかもしれない」

「ああ、実際に畑向きの土だということは保障するよ。どうだい、城塞都市へ移住してくれることを考えてくれないか？」

「……あんな村でも先祖代々の村なのです。そう簡単に移住はできませんし、なによりも村人の意思を聞かねば」

やはりいきなり移住は難しいか。

「そうか……それじゃあ、まずはこの土地を貸すという形でどうだ？　この第三外壁と第二外壁の間の土地は、村の数に合わせて区画分けする予定だ。だから皆は村から通うか、区画内に用意した建物に泊まってもらうかして、畑を耕してみてくれ。将来的には税を取るかもしれないが、それは農作が軌道に乗ってきてからだな」

「なるほど、お試し期間というわけですね。ぜひこちらからお願いします……ところで、その建物というのは？　近くには見当たりませんが……」

「ああ、話がまとまったら建てようと思っていたんだ。ちょっと待っててくれ」

俺はそう言って村長達から離れると、土魔法で三階建ての長屋を作り出した。

いきなり目の前に家が現れ、村長達は呆然としている。

「同じものを各地区に用意しておく。作業の時に泊まってもらってもいいし、気に入ったらそのまま移住してくれて構わないから」

俺の言葉に、村長達が顔を見合わせて喜んでいた。

そんな中、ランダが村々の村長を代表して頭を下げてくる。

「色々とお気遣いいただいて、ありがとうございます」

「いやいや、この土地の領主をやらせてもらうんだ、これくらい当たり前だよ。これからも困ったことがあったら、俺達に相談してほしい」

「わかりました。そうさせてもらいます。畑と移住の件は、村人達にも話すようにします」

よし、これで一歩前進だな。


それから一ヵ月ほどが経つ頃には、各村々の若者達が移住してきた。

「村に戻ってもあばら家しかないですから。この都市の部屋のほうが頑強で住み心地がいいです」

どの村の若者も、同じような理由で移住を決めたようだ。

まだまだ年配の移住者は少ないから、何かきっかけができて移住してきてくれたら嬉しいんだけどな。

そしてここにきて、新たな問題が発生していた。

兵士の数が足りないのだ。

バイコーンとダイヤウルフは、アブルに残ってテイムを続けているルーダのおかげで順調に数を増やしており、イオラの警備にも加わってもらっている。

しかし、仮にミルデンブルク帝国が攻めてくる場合、ワイバーンと竜騎士という厄介な存在がいる。

バイコーンやダイヤウルフでは対応できない彼らに対抗するには大砲が必須なのだが、その備えができていない。

大砲は急ぎ増産中だが、この規模の都市に大砲を備えるとなると、騎士達だけでは数が足りないし、そもそも歩兵がいなくなってしまう。

そのため、グランヴィル宰相と相談し、騎士団二百人を派遣してもらうことにしたのだが……到着までそれなりに時間がかかりそうだ。

もし今攻め込まれたらと、ドキドキしながら俺達は日々を過ごすのだった。


そんなある日、イオラ平原が、季節外れの大豪雨に見舞われた。

城塞都市イオラはアブルケル連峰に近いこともあって、比較的高台に位置しており、特に被害などはなかったのだが、平原にある村は水没してしまったそうだ。

そのため、未だに村に残っていた村人達が、続々と避難してきた。

ランダの話によれば、これほどの大雨は経験したことがないそうだ。

しかもそれから数日後、ようやく雨がやんだということで村を見回りに行くと、氾濫した川に流されたのか、家も完全に崩れてしまっており、もはや住める状態ではなくなっていた。

戻る家がなくなってしまった村人達は、正式にイオラに移住してくることになった。

これは長屋を増築して、住みやすくしないとな。

にわかに忙しくなって奔走する俺のもとに、ランダが各村長を連れてやってくる。

「これから、よろしくお頼みします」

「歓迎するよ。これからは城塞都市イオラで平和に暮らしてくれ」

あとは、食糧の問題も出てくるな。

基本的には、俺達の食糧はアブルから運んできていたのだが、一気に村人が移住してきたので、供給が足りなくなる可能性がある。

特に肉類については、村人達は滅多に食べられないと言っていたから、イオラの良さを知ってもらうためにも、提供できるようにしたい。

幸いこのあたりは広々としているので、未開発の森林にいるイノシシの魔獣、ビッグボアをルーダに連れてきてもらって、第三外壁の外に作った囲いの中で放牧してもいいかもしれないな。

そんなことを考えながら、俺は第三外壁の上から城壁都市イオラの内側を見下ろす。

「大豪雨が起こった時には、これからどうなることかと不安だったが、なんだか全てが上手くいきそうだな」

すると、隣にいたオルトビーンも笑顔で頷いた。

「城塞都市イオラも形になってきたね。ここからも大変だと思うけど、頑張ろう」

俺は振り返り、今度は広大なイオラ平原を見下ろして大きく頷くのだった。

第15話　魔の森と魔族

オルトビーンと俺は今日、国境地帯にある魔の森の近くまでやってきていた。

魔の森は木々が鬱蒼と生い茂っていて、この一帯だけは常に霧に覆われていることもあり、いかにも不気味だ。

このあたりは土も肥沃なのだが、イオラ平原の村人を含め、帝国の人間は近付こうとしない。

しかも魔族が住んでいるという噂もある。

魔族というのは亜人や獣人と同じく人種の一つだが、その数は少なく、詳しいことは知られていない。ただ一つ明確なのは、非常に排他的で、他の種族との交流が極端に少ないということだ。

俺の前世の記憶にあるようなファンタジー作品では、魔族といえば人間と敵対しているイメージがあるんだけど、そうでもないのかな？

まぁ、今は魔族よりも気になるのは、この森の土だ。

これをうまく使えば、イオラ平原の土壌を改善できるかもしれない。

俺はニッコリと笑ってオルトビーンに質問する。

「オルトビーン、一応魔の森は帝国の領地になってるけど、魔の森の土をイオラ平原に持って行って、問題になると思うか？」

「どうせ帝国の人間はこの森に近付かないし、バレないだろ？」

オルトビーンも悪戯っ子のようにニヤリと笑う。

よし、問題ないな！

それから俺とオルトビーンは、魔の森の土を土魔法でイオラの近くまで移動させ、元の土と混ぜてから《土壌改良》の魔法をかける、という作業を、毎日やることにした。


そんなある日のこと。

今日もいつものように魔の森から腐葉土を《土移動》で移動させていると、魔の森の奥から「助けてー！」という声が聞えてきた。

「オルトビーン、今、女の子の声が聞こえなかったか？」

「エクト、確かに聞こえた。でも魔の森はミルデンブルク帝国の領土だ。バレることはないとはいえ、何かあったら問題になるかもしれない。その上で、判断を任せるよ」

「それじゃあ、少しだけ様子を見に行ってみよう。何もなければ戻ってくればいい」

俺とオルトビーンは魔の森の中を疾走していく。

すると巨大なヘビの魔獣、ジャイアントアナコンダが子供に巻き付き、丸呑みしようとしているところだった。

俺は速度を落とさずにアダマンタイトの剣を抜いて、ジャイアントアナコンダの胴を両断し、その首を落とした。

解放され、地面に崩れ落ちた子供を抱き起こして様子を確認する。

怪我はないようだが……人間じゃない？

背中には黒い翼、額には一本の角が生えている。耳は尖っており、口からは四本の小さな牙も見えた。服はかなり簡素で、背中には翼を出すためであろう大きな穴が開いている。

オルトビーンが子供を見て、驚きに目を見開いていた。

「この子供は魔族だよ。やはりこの森には魔族が住んでいるんだね」

なんだって！　これが魔族か。

「うーん、意識を失っているし、このまま頬っておくわけにもいかないよな。村があるだろうし、早く運んであげたほうがいいだろうけど……」

俺は魔族の子供を抱きかかえたまま、どうするか考える。

すると突然、鋭い声が聞こえてきた。

「人族！　フェベから離れなさい！　そうしないと酷い目に遭わせるよ！」

魔の森の森林の茂みから、もう一人の魔族の女の子が現れたのだ。

彼女も俺の腕の中の子供——フェベと同じく、翼と角があって、特徴的な鋭い耳をぴくぴくと動かしていた。

俺はその場にフェベを寝かして距離を取る。

「俺はこの子がジャイアントアナコンダに呑まれそうになっていたのを助けただけだ。危害を加えるつもりはない」

転がっているジャイアントアナコンダの死体に目をやり、俺が離れるのを確認した女の子は、こちらを警戒しつつもがフェベに駆け寄り抱きしめた。

するとすぐに、フェベが目を覚ます。

「あれ、カティ？　私、ジャイアントアナコンダに遭遇して、それで……」

「フェベは人族に助けられたんだよ！　だから一人で村を出ちゃダメって言っているでしょ！　魔の森は危険なんだから、子供一人で行動したら危ないって教えられてるじゃない！」

「カティ、そんなに怒らないでよ。ちょっと最近、このあたりが騒がしいから見に来ただけだってば……そうだ、私を助けてくれた人族にお礼を言わなくちゃ」

フェベを抱いていた魔族の子供はカティというのか。二人ともかなり仲が良さそうだ。

フェベは立ち上がると、俺とオルトビーンを見る。

さっきは閉じられていてわからなかったが、その瞳は漆黒で、くっきりとした目元が印象的だ。

「私はフェベ。さっきは危ないところを助けてくれてありがとう。人族を見るなんて初めて」

フェベは好奇心が旺盛なようで、俺達のほうへ近付くと、しげしげと俺達を観察し始める。

そんなフェベに、カティが顔をしかめる。

「フェベ、人族には近付いてはダメって言われてるでしょ。村の掟なんだから守りなさいよ。人族は野蛮で危険なんだから」

フェベはカティへ振り返ってニッコリと笑う。

「この人族からは悪い匂いはしないよ」

そう言いながらフェベは俺の服を引っ張ったり、肌に触れてみたり、鼻を近付けて匂いを嗅いだりしていた。なんだか無邪気で可愛い。

「悪い匂いがしなくても人族は危険よ。さぁ、早く離れて村へ帰りましょう。皆も心配しているわ」

カティが頬を膨らませてプリプリしているのを見てフェベはため息をつく。

「ちぇ、わかったよ……そうだ、人族さん。あなたはなんて名前なの？」

「俺の名はエクトだ。よろしくフェベ」

「エヘヘ……人族に名前を呼ばれたよ！　なんだか嬉しいな！」

カティは走ってきて、俺から無理矢理にフェベを引き離す。

「はいはい、村に帰るわよ」

「わかったよ。エクト、また会おうね」

「ああ、フェベ、また会おう」

フェベは嬉しそうにピョンピョンと飛び跳ねて、カティと一緒に魔の森の深くへ去っていった。

俺がイメージしていた魔族と随分違うな。まぁいいか。

俺とオルトビーンは顔を見合わせて笑いながら、魔の森から出て、イオラへと戻るのだった。

魔族との遭遇から一ヵ月が経った。

この間に、王都ファルスから追加の騎士、二百人がイオラに到着した。

これでイオラ騎士団と名を改めた、城塞都市イオラに駐在する騎士の人数は四百人となり、大砲の運用なども問題なくできるようになった。

大砲の生産も引き続き行なわれており、第二外壁の上に百門設置した。これでワイバーン対策が少し整ったな。

ビッグボアの放牧も順調で、肉も安定して供給できるようになっている。

農耕に関しても、各区画の村長達の話によれば、村の頃より格段に良くなったそうだ。

このままいけば良い野菜が取れるだろうと、村人達は喜んでいる。

魔の森の土を使った平原の土壌改良も順調に進んでいて、そろそろ城壁の外でも農作業ができそうである。

俺とオルトビーンが第三外壁の屋上から見下ろす形で農耕地の様子を視察していると、フェベが飛んでくるのが見えた。

彼女はここ最近、俺達の様子が気になるのか、こうやって飛んできては都市の様子を観察したり、俺達とおしゃべりをしたりして帰っていく。

今日もフェベは俺達の前に降り立つと、挨拶もそこそこに、さっそく畑を耕す村人の観察をし始めた。

「そんなに面白いか？」

「うん、人族って、私達が考えないような難しいことをやっているからね。魔族はずっと魔の森で住んでいるから、あまり生活に変化がなくて面白くないんだよ」

「外で暮らそうと思ったことはないのか？」

「うーん。魔族って、魔素がないと生きられなくてね。この角で魔素を外気から吸収したり、魔獣の魔石を食べたりしているんだ。まぁ時々、肉も食べるけど……とにかく、そんな種族だから魔素の濃い魔の森から出ることができないんだよ」

へぇ、その角は武器じゃなかったのか。けっこう小さいし、何のためにあるんだろうとは思っていたから、フェベの話を聞いて納得した。

「確かにあの森は、魔素が異様に濃いよね。だからあんなに霧が発生してるのかな？」

オルトビーンの言葉で、俺は魔の森の方に視線を向ける。

しばらく魔の森を見続けていると、黒雲が空に集まって雷が落ちるのが見えた。

あれは……魔法か？

俺が疑問に思ったのに気付いたのか、フェベが口を開く。

「魔族の大人達が、魔獣を狩っているだけだから気にしないで。私達は魔法で魔獣を倒すから、武器は一切使ったことがないんだ」

そう言って、フェベは俺のアダマンタイトの剣を珍しそうに眺めていた。

そうか、他の種族と交流がないなら、金属の武器なんかを持っていない可能性もあるのか。

「教えてくれてありがとな」

そう言って頭を撫でてやると、フェベは嬉しそうに目を細める。

「こらー！　フェベ、また勝手に人族の所へ来て！　ダメって言ってるでしょ！」

すると、そんな声と共にカティが空から降りてきた。

そんな彼女に、フェベはむっとしたように言う。

「エクトは良い人族だよ。魔族だからってひどいことしてこないし。カティは気にしすぎなんだよ」

「フェベ、ダメよ。人族は怖いって教わってきたでしょ。私達は魔の森でしか生きられないのに、人族はその魔の森を切り拓こうとしてるんだから」

ん？　そうなのか？　帝国が避けてるって話は聞いたことがあるけど……

フェベが不思議そうな顔で俺を見る。

「エクトは魔の森を狙ってるの？」

「そうだな……別に切り拓こうなんて思っていないよ。魔獣達には興味があるけどね」

そんな俺の答えを聞いて、カティが鋭い目で俺とオルトビーンを見る。

「本当かしらね……まあいいわ。今日私が来たのは、村の長がエクト達に会いたいって言っていたからよ。案内するように言われてるから、私とフェベについてきて」

カティはそう言って、フェベの手を握りしめ、空中に舞い上がった。

オルトビーンが楽しそうに、ニッコリと微笑んで俺を見る。

「せっかく招いてくれているんだから、行かないってことはないよね？」

「ああ。魔族について色々知りたいけど、フェベに聞いているだけじゃ、正直情報不足だからな。魔族の大人達が呼んでいるなら、行ってみようか……一応、警戒だけはしておかないとね」

俺達は地上に降りると、バイコーンに乗り込む。

そして空を飛ぶカティとフェベの先導で、魔の森に向かった。

魔の森の中に入ってから、途中で何体かの魔獣と交戦しつつ進むことしばし。

魔の森の深いところにちょっとした崖があり、その足元に洞窟があった。

どうやらこの洞窟が、魔族達の村の入口らしい。周囲には監視している魔族はいなさそうだ。

カティが腰に手を当てて、俺達を見る。

「ここに人族を入れるのは初めて。長に失礼のないようにしてね」

「なるべく友好的に話をしたいと思ってるよ」

カティは先に洞窟の中へ走っていってしまった。俺達の到着を魔族の大人達に伝えに行ったのだろう。

さて、魔族との本格的な対面だな。これからどうなるかな？

俺は笑顔で走るフェベに手を引かれて、洞窟の中に進むのだった。


洞窟の中は、進むにつれて道幅も高さも広くなっていた。

いくつかの分かれ道があったがまっすぐ進むと、かなり大きな空間に出た。

別の細い通路もあるようだが、基本的には皆この空間で過ごしているらしい。

そんな空間の奥の方に、一段高くなっている場所があった。

その上には、石の上に毛皮を敷いたソファーのようなものがあり、体格の良い魔族の男性が座っ

ていた。

身長は二メートルほどで全身が筋肉質だ。翼や角も大きく、鋭い爪が目立つ。

おそらく彼が長なのだろう。

フェベに手を引かれてその前まで行くと、長が口を開く。

「私は族長のディーノだ。フェベから話は聞いている。人族のエクト、そしてオルトビーンよ。よくぞ我が村へ来てくれた」

「招いていただいてありがとう。まさか魔族の村に来られるとは思ってもいなかったよ」

排他的な種族だって話だったしな。

「ああ、どうしても聞きたいことがあってな」

「聞きたいこと？」

俺が尋ねると、ディーノは頷く。

「人族は魔の森をどうするつもりなのか、ということだ。我ら魔族は魔の森と共存しており、ここから出るつもりはないし、魔の森を奪い切り拓くというのなら戦わねばならない」

「待ってくれ、まず最初に、俺は戦うつもりはない。それでどうするつもりって質問だけど……俺はミンデンブルク帝国の隣国であるファルスフォード王国の者で、イオラ平原の領主なんだ。だけどどこの魔の森は、ミルデンブルク帝国の領土で、俺達がどうこうできるものじゃないんだよ。そのミルデンブルク帝国が魔の森をどう考えているのかは……申し訳ないけど俺にはわからない」

俺がそう答えると、ディーノは首を捻(ひね)る。

「人族の国についてはよくわからないのだが、魔の森の隣に新しい国ができたのか？」

「まぁ、似たようなものだな。俺は魔の森を切り拓くつもりは全くない。でも、魔獣達は食糧とか武具の素材になったりもするから興味はあるかな」

「ふむ、魔の森は魔獣の宝庫だ。魔素が濃いために、魔獣の成長が早く、屈強なものが多い……そうだな、エクト達が森を奪うつもりがないというのなら、好きに出入りして狩りをするといい」

おお！　これで森に立ち入っても、魔族と争う可能性はなくなったぞ！

それに『進撃の翼』の五人が聞いたら喜んでハイタッチするだろうな。

そう内心ガッツポーズしていると、ディーノが不思議そうに尋ねてきた。

「エクト達は我ら魔族を見ても怖くないのか？　普通の人族は我らを忌み嫌い、恐れ、逃げていくと聞くが」

「別に。この世界には普通の人族だけじゃなくて、亜人族、獣人族、色々な種族がいる。魔族もその一つだろう。怖がる必要なんてないさ」

俺の答えに、ディーノは目を見開く。

「なんと、我らの存在を認めるというのか！」

「ああ、当然だろう」

するとディーノの目から涙が流れた。

「……我ら魔族は、どの種族からも忌み嫌われてきた。それがこうして受け入れてもらえるとは、こんなに嬉しいことはない。エクトよ、ありがとう」

こんなに大人しく、有効的な種族だとは思わなかった。

排他的だと言われていたけど、人族が勝手に避けてただけな気がするな。

ディーノの見た目は結構厳ついし、普通の人が見た時に怖がるのもわかる気はするけど。しょうがないとはいえ、見た目で損してる部分もあるよな。

そんなことを考えていると、ディーノは目元を拭って、まっすぐに俺を見る。

「エクト。我々魔族はエクトと友好関係を結びたい。魔の森を王国の領土としてもらえば、我らの住処も奪われることはない。どうか聞き入れてくれないか」

これは嬉しい申し出だ。

魔の森の広大な領土を手に入れれば、食料事情で悩まされることはなくなるだろう。

だが、大きな問題がある。

「申し出は嬉しいが、今のところ、魔の森は帝国の領土だから、勝手に俺が取り込むことはできないんだよ。交渉をするか、戦争で領土を勝ち取る必要がある」

「人族は領土の奪い合いをするのか？」

魔族達はずっとこの森で暮らしているから、領土の奪い合いというのがピンとこないのだろう。

俺が頷くと、ディーノは興味深そうに言葉を漏らす。

「同じ種族で、戦を起こすとは愚かなことだ。だからご先祖様は人族に近寄らないように掟を定めたのだな」

残念ながら、愚かという言葉は否定できないな。

俺は苦笑しつつ、ディーノに答える。

「もし今後、戦争が起きた時に俺達が勝てば、魔の森をファルスフォード王国の領土にできるよう交渉することにするよ。その時まで待ってくれ」

「ああ、わかった……そうだ、我々魔族が森にこもっているのは、力がないからではない。ただ単に、魔素が薄い環境では暮らせないというだけで、魔法には自信がある。エクトが困っている時は、我々も力を貸そう」

そんなディーノの言葉を受けて、オルトビーンが俺に耳打ちしてくる。

「魔族の魔力量は膨大だって師匠に聞いたことがある。そして、魔族が受け継ぐいにしえの魔法っていうのもあるみたいだから、本気を出せば相当に強いと思うよ」

なるほど、森神様のお墨付き（すみつ）もあることだし、ディーノの言うことを信頼してもいいだろうな。

魔族が味方についてくれたことは心強い。

まだまだ知らないことは多いが、仲良くしていければいいな。

「エクト、これからもよろしく頼む」

「こちらこそ、よろしく」

俺は壇上から降りてきたディーノと握手を交わし、肩を叩き合って笑いあった。

魔族との交渉を終え、イオラに戻ってきた翌日。

魔の森についての情報を聞いた『進撃の翼』の五人が俺の邸にやってきた。

アマンダはリビングにいた俺を見つけるなり、嬉しそうな声で尋ねてくる。

「いいのだな？　本当にいいのだな？　魔の森で魔獣を狩ってもいいのだな？」

「ああ、魔の森はミルデンブルク帝国の領土だけど、きちんと管理していないからな。魔族達にも魔獣を狩る許可をもらっているから、安心してくれ」

オラムが体をくるくると回転させて、セファーとハイタッチしている。

「ヤッター！　久しぶりの遠征だね。やっぱり冒険者は冒険しなくちゃ！」

「ああ。でもその代わり、俺も同行することになるよ。魔族達は五人のことを知らないからね。ちゃんと紹介しないと」

俺がそう言うと、アマンダは頬を少し赤くする。

「エクトを連れていくのは問題ない。どちらかというと嬉しいぞ」

「それじゃあ、問題ないし、行こうか！」

それからリリアーヌとリンネに魔の森に行くことを告げたのだが、二人ともついてきたがったので、オルトビーンも誘って、俺達はバイコーンに乗ってイオラを出発したのだった。

到着した俺達はバイコーンから降り、霧深い魔の森へと入っていく。

昨日とは違って、今日は戦闘がメインだからな。バイコーンには森の浅いところで待っていてもらう。

十分ほど進むと、蜘蛛（くも）の魔獣、ジャイアントスパイダーに遭遇した。

樹上から八つの目でこちらを睨みつけ、糸を吐いてくる。俺達を捕獲するつもりなのだろう。

しかし俺達はあっさりと避け、オラムが素早く接近していく。

オラム目掛けて糸を吐きまくるジャイアントスパイダーだが、オラムはそのすべてを短剣で切り裂いていく。

ジャイアントスパイダーは苛ついたのか、樹々の間から地面に降りて、八本の脚で威嚇してくる。

そしてお尻から子蜘蛛を吐き出した。

素早い動きでこちらに迫る子蜘蛛達だったが、リリアーヌが《氷結》で氷に封じ込めた。

ジャイアントスパイダーが怯(ひる)んだ隙に、アマンダが両手剣を振るいながら接近し、八本の脚を斬り落とす。

そしてノーラは大楯を構えて突進すると、そのまま槍を突き出してジャイアントスパイダーの頭部を貫いた。

ジャイアントスパイダーはBランクとそれなりに強い魔獣なのに、華麗な連携であっさりと倒してしまった。

俺が感心していると、オラムがジャイアントスパイダーの胸を斬り裂いて大きな魔石を取り出し、リュックの中へ入れる。

「魔石は取れたけど、肉はダメだね。昆虫系の魔獣は美味しくないし……さ、行こうか」

ため息をつきながらそう言うけど……食べたことがあるのか？

俺が内心驚いていているうちに、オラムはどんどん進んでいくのだった。

再び森の中を進んでいると、ジャイアントアナコンダが木の上からリンネの上に落ちてきた。

オルトビーンが咄嗟にリンネを引き寄せ、俺は土魔法《石壁》を、オルトビーンとリンネを囲うように発動する。

突然現れた石壁に激突して怯んだジャイアントアナコンダの頭を、セファーの細剣が貫いた。

一瞬ひやりとしたけど、何とかなったな。

石壁を解除していると、オラムがジャイアントアナコンダから魔石を抜き取り、アマンダと二人で解体を始めた。

あっという間に肉塊に変わり、それをしまったリュックを、オラムがニコニコ顔で背負う。

「これで今日はアナコンダの蒲焼が食べられるね！　久々のアナコンダ！　絶対に美味しいよ！」

アマンダ達も嬉しそうで、その顔が見られただけでも来て良かったなと思えた。

それからも俺達は、遭遇した魔獣達を次々と屠っていく。魔の森の魔獣は強く、Bランク魔獣が多かった。

そろそろリュックも膨れてきたなと思った頃、体長五メートルはあろうかという八本足の熊の魔獣、ジャイアントベアが茂みから現れた。

しかし俺達は焦ることなく冷静に対処する。

リリアーヌが後ろの二本の脚を《氷結》させると、ジャイアントベアは自らその二本の脚を砕いて、残りの六本の脚で迫ってくる。

しかしその隙に体勢を整えたノーラが大楯で突進を受け止め、アマンダが両手剣でジャイアントベアの前足の二本を斬り落とす。

そこにドリーンの《爆裂》がジャイアントベアの頭部に命中し、頭を失ったジャイアントベアはそのまま倒れた。

オラムとアマンダが魔石を取り出してから解体していく横で、ノーラが嬉しそうに頬をピンク色に染めている。

「今日は大漁だで！　普段食えない肉もいっぱいだ！」

ノーラがはしゃぐ気持ちは、俺にもよくわかった。

なにせ最近はビックボアの肉ばかりで、少し飽きていたところだったのだ。

とにかく、これで全員のリュックがパンパンになった。これで数日は肉に困らないだろうな。

ジャイアントベアの解体が終わって、そろそろ帰ろうとしていたちょうどその時、空を飛んでフェベがやってきた。

俺とオルトビーンを見て表情を明るくするが、すぐに不思議そうな表情になって、いつものように近寄ってこない。

「フェベ、紹介するよ。彼女達は俺とオルトビーンの仲間だ。仲よくしてほしい」

するとフェベは何も言わずに近付いてきて、アマンダ達全員の匂いをクンクンと嗅いだかと思うと、にっこりと笑った。

「確かに悪い匂いはしない。エクトの仲間なんだね。私はフェベ、よろしくね」

リンネ、リリアーヌ、『進撃の翼』の五人はそれぞれに、フェベに自己紹介と挨拶をしていく。

新しい人族の知り合いが増えて、フェベも嬉しそうだ。

「皆で、魔の森で何をやっていたの？」

「食料を取りに来ていたんだ。魔獣の肉を食べたくてね」

「そうだったんだね！　私も手伝ってあげるよ」

そう言って、フェベは翼を広げて、空中に浮遊する。

そしてとある方向を指差したかと思うと、その場所の上空に黒雲が発生し、雷が落ちた。フェベも《雷》の魔法を使えるのか。

「よし、倒したよ！」

俺達がそこに向かうと、そこには真っ黒に焦げたジャイアントホーンの死骸(しがい)があった。炭化してひび割れた隙間から、大きな魔石が輝いているのが見える。

えっと、これは……

俺達が困惑していると、フェベが空中から降りてきて、自慢気に笑っている。

「これでいい？」

「ごめん、これだとダメなんだ。肉が全て炭になってるから」

「あ、そっか。人族は肉を食べるんだった！　うっかり忘れてたよ！　あはははは！」

フェベは照れ隠しするように笑うと、ジャイアントホーンの大きな魔石を手に取って、ボリボリと音を立てて食べていく。

「肉も食べることはあるけど、私達が主に食べるのは魔石だからね」

そういえば、そんなことを以前に言っていたな。

魔石を美味しそうにかじっているフェベを見ていると、俺でも食べられそうな気がしてくる。

魔石って美味しいのか？

そんな俺の考えを見抜いたのか、オルトビーンが呆れたように見てくる。

「エクト、変なことを考えるのは止めなよ。人族は魔石を食べられない。食べても美味しくない……というか味なんてしないからね」

それを聞いたフェベが残念そうな顔をする。

「こんなに美味しいのに、人族は魔石を食べられないの？　勿体(もったい)ないね」

「ああ、俺もちょっと食べてみたかったんだけどな……それよりも、さっきの《雷》、すごい威力だった。フェベは子供なのにスゴイな」

俺がそう言うと、フェベはきょとんとした。

「え？　全然、自分の魔力使ってないよ。魔の森の魔素で《雷》を撃っただけだから！　まだ全然本気じゃないよ」

その言葉を聞いて、俺は呆然とする。

あれで本気じゃないって、どういうこと？　フェベが本気で魔法を使ったらどうなるんだ？

それに子供のフェベでこれって、大人の魔族が本気で魔法を使ったら、いったいどういうことになるんだろう？

フェベのおかげで魔族の脅威の一端を見た気がした。

閑話　ゲルド皇帝陛下の決意

「トシュテン、我が国がファルスフォード王国に預けている土地はどうなっておるか？」

ゲルド皇帝陛下がいきなり、宰相である私、トシュテンに、ファルスフォード王国の領土についての状況を聞いてきた。

現在は陛下の執務室で、国内の状況を報告している最中だ。その一環として、尋ねてきたのだろう。

ファルスフォード王国に割譲したイオラ平原には、あそこの村の出身の者を間者として放っているため、鳥を使って定期的に情報が送られてきている。

「間者からの情報ですと、イオラ平原に三重の城塞都市を作っております。イオラ平原に散らばっていた村々の人間を集め、城塞都市の第三外壁と第二外壁の間の土地に住まわせているそうです」

どうやら城塞都市の中は自由に動き回れるらしく、都市の構造なども詳しく情報が入ってきていた。

私の報告に、陛下は鼻を鳴らす。

「ふん。あの平原は土地が枯れておる。人々を集めたところで、食糧が不足するのがオチだろう。まさか王国側から食糧を持ってきているのか？　だとすれば、王国の身を削ってまで帝国の民に食事を用意していることに、感謝しなければな」

私もそう思っていた。しかし、間者から驚くべき情報が届いている。

「それが……城塞都市の中は領主がいずこかから持ってきた腐葉土によって土壌が改良され、農耕地として最適な状態になっているということです」

「腐葉土か……アブルケル連峰の麓の森林であろうな。しかも、農耕地として最適ということは、食糧は城塞都市だけでまかなえているということか」

「左様ですね。城塞都市の中は大変住みやすく整えられているということでございます」

ゲルド皇帝陛下は大変楽しそうに私の話を聞いている。

「城塞都市が住みやすくとも、あの平原一帯が、枯れた土地であることには変わらぬ。あの平原については我も頭を悩ませていたからな」

「それについてですが陛下。私も信じられないのですが、城塞都市の外の平原全体の土の色が変わっており、都市内と同じような栄養豊富な土になっていると思われるとの情報も入っております」

陛下は私の言葉に、目を見開いている。

「あり得ぬ！」

「事実でございます！」

「だが、どこからそれだけの腐葉土を運んできて、平原全体の土壌を改良したというのだ？　普通に考えればあり得んことだ」

陛下はまだ信じられない様子だ。正直、私としても信じきれてはいない。

「間者が申しますには、国境方面……魔の森の方角から、徐々に土の色が変わってきたとのことです」

「……なるほど、魔の森の土を使ったか。魔の森を有効活用するとは、考えたこともなかったわ」

陛下は顎に手を触れて考え込む様子を見せる。

少し不機嫌なようだ。

「もし、それが誠であれば、数年後には、あの平原は一大農耕地帯に変貌するではないか」

「それがファルスフォード王国の狙いと思われます」

「そのような有用な土地を我がミルデンブルク帝国が放っておくと思っているのか！　甘く見られたものだな！」

確かにその情報だけを聞いた時、私も同じことを思ったものだ。

しかし……

「陛下、城塞都市イオラは、百門の大砲を設置しているという情報も届いています。また、周囲の平原にはバイコーンやダイヤウルフといった魔獣が放たれており、常に城塞都市を守っているということです」

城塞都市を落とすのは難しいのではないかと思いそう伝えるも、陛下は首を横に振る。

「魔獣によって城塞都市を守っていても、戦とは数の勝負よ。万の軍勢で攻めれば、落とすのは容易い」

陛下はそう言って、ニヤリと笑う。

「イオラ平原と、城塞都市イオラを奪うのだ。軍を編制せよ、総大将はマルバスだ。先の敗戦でファルスフォード王国には苦汁を飲まされ、再戦を望んでおろう」

常勝将軍……いや、先日の戦で負けて以来、その名を返上しているが、彼なら適任だろう。

「は！　マルバス将軍と協議し、イオラ平原奪還作戦を遂行いたします！」

「入念に準備をするようにな。ファルスフォード王国にミルデンブルク帝国軍の進軍を見せつけるのだ！　ふはは、我が帝国軍の進軍の姿が見えるようだ！」

陛下は機嫌よく高笑いするのだった。

第16話　できるだけの準備を

オルトビーンと俺は第三外壁の屋上に登って、ミンデンブルク帝国側の平原の先を眺めていた。

どうやら国境地帯の魔の森がない方角に兵が集まっているらしい、という報告が上がってきたのだ。

オルトビーンが遠くを見る魔法、《遠見》を使って、詳細を確認してくれている。

「うん、帝国軍みたいだ。今はまだそこまで多くないけど、部隊で移動しているから、おそらく陣地の下見だと思うよ」

「思っていたよりも早かったな。あと一年は大丈夫だと思っていたのに」

オルトビーンは国境地帯を眺めながら答える。

「うーん、当然ではあるけど、やっぱり平原の土壌を回復させたのがバレてたみたいだね。俺達がある程度畑を作ってから奪い返しに来るんじゃないかって思っていたけど、これ以上王国兵が増えて守りを固められる前に攻めようと考えたんじゃないかな」

確かに、城塞都市イオラは建造物こそ頑強だが、兵士はまだまだ少ない。騎士がたったの四百人だからな。

「数の勝負ならミルデンブルク帝国軍が勝てると思ったんじゃないかな。たぶん、かなりの兵数で攻めてくると思うよ」

オルトビーンはそこまで言って、俺の方を向く。

「まぁ、エクトの事だから対抗手段は考えてあるんでしょ？」

「ああ。『進撃の翼』の五人に頼んで、ファイアードラゴンの巣に行ってもらおうと思っている。お願いすれば、手助けしてくれるはずだ……お礼の酒を大量に用意しないといけないけどな」

俺の言葉にオルトビーンはニッコリと頷く。

「それは良い考えだね。空を飛べるからワイバーン対策にもなるし、そもそも敵兵からすればドラゴンなんて相手にしたくないだろう」

「だけどファイアードラゴンに頼ってばかりではいられないからな。アブルには最低限の人員を残して、戦える者は全員集めよう」

こちらの兵力として準備できるのは、アブル警備隊二百人、狩人部隊二百人、ハイドワーフ族百人、イオラ騎士団四百人。バイコーンは騎乗用に集められるだけ集め、ダイヤウルフは四百体を予定している。

アブル警備隊や狩人部隊は増員してあるが、全員を連れてきてはアブルが無防備になってしまうので、戦に慣れている人員だけを連れてくる。

「わかった、魔族には協力をあおぐかい？」

「そうだな……もしここで俺達が敗れれば、魔の森を領土に組み込む約束が守れなくなってしまう。そのことを交渉材料にして、お願いしてみよう」

魔の森から出てきてもらうことになるが、交渉をしてみる価値はあるだろう。

オルトビーンも異論がないようなので、俺はさっそく邸に戻ることにした。

「それじゃあ、アマンダ達に頼みに行こう」

俺とオルトビーンは第三外壁から降りて、イオラの中心部へと向かうのだった。

「なんだって、ミルデンブルク帝国軍が動き出したのか!?」

呼び出しに応じて俺の邸にやってきたアマンダが険しい顔をする。

「ああ、兵士達が少しずつ集まっているみたいだ」

「それで、ファイアードラゴンに協力を頼むってわけかい。それはわかったが……ファイアードラゴン達は私の言うことを信用するかい？」

アマンダが心配する気持ちもわからなくない。

ファイアードラゴンのニブルと仲良くなったのは俺だからな。

でも、彼女達もあの場にいたわけだし、顔は覚えられているだろうから、いきなり襲われることもないだろう。

「俺の代理として来たと言えば、たぶん話は通じるはずだよ。そうそう、お礼に酒を大量に準備するって、しっかり伝えておいてくれ」

「わかった。それじゃあ私達はすぐに出発するよ。開戦までに間に合えばいいんだけど」

アマンダ達はそう言って、慌てて俺の邸から走り去っていった。

「さて、次は魔の森にいる魔族に救援を要請しに行かないとね」

俺はオルトビーンと二人で邸を出ると、バイコーンに乗って魔の森に向かった。

森に入ってしばらくすると、フェベに遭遇した。

「あれ、今日はどうしたの？」

「フェベ、族長のディーノと話がしたいんだ。俺達を魔族の村へ案内してくれ」

「わかった。私の後についてきて」

フェベの案内で洞窟まで移動し、中に入っていく。

洞窟の一番奥の大きな空間では、多くの魔族達が寛いでいた。

ディーノは一番奥の、前回と同じ場所に座っている。

「エクト、今日はどうしたのだ？　魔の森の外も騒がしい様子だが」

「ああ、実はミルデンブルク帝国軍が兵士を集め出したんだ。準備が整ったら、俺達の都市を攻めるつもりなんだろう」

　そう伝えると、ディーノは難しい顔になる。

「……それで、どうしてそれを知らせに来たのだ？」

「ファルスフォード王国を、俺達を助けてほしい」

「……エクト達を助ければ、魔の森を王国の領土にしてくれるか？」

　まぁ、気になるのはそこだよな。

「ああ。勝てば損害賠償として、領地を請求することもできると思う。その時に、魔の森を王国に寄越すように交渉するよ」

　ディーノが深く頷く。

「わかった。エクトを信用しよう」

　よかった。これで大きな戦力ゲットだ。

「それで私達は、いつエクト達を助けに行けばいいんだ？」

「そうだな……いつ侵攻が始まるかわからない以上、ずっとイオラにいてもらうわけにもいかないもんな。よし、戦争が始まれば、大砲を使うつもりだ。かなり小さいだろうけど、低く響く音が連続して聞こえるはずだから、それを合図にしてイオラに来てくれ」

　大砲の音といっても伝わらないだろうから、わかりやすく説明する。

　イオラからここまではそれなりの距離があるが、きっとここまで届くだろう。

「わかった。必ずエクト達を助けに行こう」

ディーノは椅子から立ち上がると俺達の前に来て、右手を差し出してきた。

俺は両手でディーノの大きな手を握りしめる。

「ありがとう、ディーノ！」

これで、できるだけの援軍は呼んだ。後は防衛策をどうするかだ。


魔族達に救援を求めに行った翌日、俺、リンネ、リリアーヌ、オルトビーンの四人は、イオラの第三外壁の上に登って帝国兵の動きを監視していた。

俺の目からは米粒ほどにしか見えないが、どれほどの兵士達が集まっているのだろうか。

「私には小さすぎて、ほとんど何も見えません」

「私にも何も見えませんわ。オルトビーンのように《遠見》が使えれば便利でしたのに」

リンネとリリアーヌの言葉に、今まさに《遠見》を使っていたオルトビーンが答える。

「そうだね。今のところ、一万人の集団が三つ、三万人の兵士が集まっているみたいだ。しかもまだまだ兵が増えてるようだ……俺達は九百名ほどしかいないっていうのに、ミルデンブルク帝国軍は俺達を全滅させたいみたいだね」

兵士の数で考えれば、三十倍以上。ミルデンブルク帝国軍の圧勝は目に見えている。

城塞都市イオラが陥落した時には全員で城塞都市アブルへ撤退することになっているが……イオラ平原が完全にミルデンブルク帝国の領土にされてしまう。

せっかく土壌を改良した土地を奪われるのは、流石につらい。

……いや、あまり悲観的な考えをするのは止めよう。リンネやリリアーヌを心配させることになる。

明るく前向きに考えよう。できることをするだけだ。

リンネがミルデンブルク帝国軍を見ながら困ったような顔をしている。

「あれだけの軍勢を一度に相手をすると、こちらの分が悪くなります。できるだけ少人数にしてから対戦したいですね」

それは俺も考えているが、なかなか良い策が見つからない。

ここは広大な平原で、ミルデンブルク帝国軍はどこからでも攻撃を仕掛けることができる。

リリアーヌも、珍しく厳しい顔だ。

「カタパルトやバリスタなどの攻城兵器を用意しているはずですわ。そちらにも注意しませんと」

確かにカタパルトやバリスタを大量に食らえば、外壁が崩れる可能性がある。

「リリアーヌ、ありがとう。確かに攻城兵器を射程内に入れないように注意しないといけないな」

俺がリリアーヌにお礼を言っていると、オルトビーンが穏やかな微笑みを浮かべて俺を見る。

「どうやって攻城兵器を止めるんだい？」

「城塞都市の一キロメートル外側に、深くて広い堀を作ろうと思う。シンプルだけど、敵軍全体の足止めにもなるしね」

「そうだね、結局それが一番いいと思う。それじゃあさっそく、堀を作りに行こうか」

俺達は第三外壁から降りて、バイコーンに乗り込む。

流石に外は危険なので、リンネとリリアーヌには邸へ戻ってもらい、俺とオルトビーンはイオラから離れていく。

予定通り、一キロほど進んだところで俺とオルトビーンはバイコーンから降りる。

そうして土魔法を使って、深さ五メートル、幅十メートルの巨大な堀を作った。

堀を作る時にどかした土は、堀の内側に丘になるようなかたちで積み上げている。

この堀があれば、ミルデンブルク帝国軍の兵士達の進軍を止めることができるだろう。

相手にも土魔法士がいる可能性があるので、堀は埋められてしまうかもしれないが、すぐに乗り越えられるわけではない。

また、堀と帝国軍がいる方向の間にも、深い落とし穴をいくつか作っておいた。

今回の作戦は、そうやって足止めを食らっている敵軍を叩く、というものだ。

敵としては、立派な城塞があり、兵数的にも劣る俺達は籠城(ろうじょう)すると決め込んでいるはずだ。

だからこそ、逆に打って出ようと考えたのである。

出撃するのは、イオラ騎士団の半数二百名と、アブル警備隊二百名、狩人部隊二百名で、それぞれバイコーンに乗ってもらう。

バイコーンの跳躍力があれば、この堀も飛び越えられる。

俺、リンネ、リリアーヌ、オルトビーンの四人と『進撃の翼』の五人は独立部隊として、各部隊の支援に回る予定だ。

また、ダイヤウルフ四百体も騎兵達一緒に自由に戦わせる。今回も活躍してくれることだろう。

一応、第三外壁の屋上にはハイドワーフ族を、大砲の設置してある第二外壁にはイオラ騎士団の半数を配置してある。

数の上では圧倒的に不利だが、俺達にはファイアードラゴンと魔族という頼もしい援軍もいる。

それを考えれば、負ける気はしない。

もちろん、戦場の局面は一瞬で変わるものだから、油断はできない。

俺は気を引き締め、帝国軍がいる方向を睨みつける。

これからが俺達の本格的な戦いの始まりだ！


堀を作り終え、準備も完了した翌日の朝。

アブルケル連峰の長城の要塞の上にファイアードラゴンの群れが到着したのが見えた。ファイアードラゴンのニブルが咆哮をあげる。

『進撃の翼』の五人は、無事にファイアードラゴンを連れて来てくれたらしい。

そして昼前には、バイコーンに乗ったアマンダ達が山を降りてきた。

アマンダが満足気に微笑む。

「ただいま、エクト。ニブルから伝言だ。この戦に勝った時には酒を浴びるほど飲みたい、だってさ」

「皆おかえり、ニブル達を連れてきてくれてありがとう。疲れてないか？　もうすぐ戦いが始まりそうなんだ！」

　オラムが笑いながら俺の袖を引っ張る。

「僕達は大丈夫だよ。だってファイアードラゴンに乗せてもらって、ここまで帰ってきたんだから。空を飛ぶってとても気持ちいいね」

　そうか。帰りはファイアードラゴンに送ってもらったのか。乗ってきたバイコーンは、長城に準備しておいた奴だったのかな。

　アマンダが真剣な顔を俺に近付けてくる。

「準備はどうだい？」

「ああ、もうばっちりだよ。敵はいつ攻めてきてもおかしくないから、それまで皆には休憩してもらいたい」

「わかった。それじゃあ露天風呂を借りるよ。イオラを出てから全く風呂に入っていないから、汗で体が気持ち悪いんだ」

　アマンダ達はそう言って露天風呂に向かっていった。


　太陽が頭の真上に来た頃、イオラ騎士団団長のゲオルグが邸に飛びこんできた。

「エクト様、ミルデンブルク帝国軍、総勢三万人の軍勢が進軍を始めました」

「ついに来たか。手はず通り、騎士団の皆には大砲部隊と騎兵隊に分かれてもらう。ゲオルグは騎兵隊の指揮をとってくれ」

「わかりました。大砲部隊は副長のザックに任せてありますので、ご安心ください」

「ああ、よろしく頼むよ。あと、アブル警備隊、狩人部隊、ハイドワーフ族へも伝令を頼む」

ゲオルグは敬礼して邸から駆け走っていった。

俺はそれを見送ると、自分の部屋へ行き、ミスリルの武具一式を身に着ける。そしてアダマンタイトの剣を腰に差して、リビングに向かった。

そこには既に情報を受け取っていたのだろう、オルトビーン、リリアーヌ、リンネ、そしてアマンダ達が、装備を整えて待ち構えていた。

「もう準備万端みたいだな……オルトビーン、俺を第三外壁に連れていってくれないか？　最後にブルク帝国軍の様子を見ておきたいんだ」

「わかった。一緒に見に行こう」

俺はリリアーヌ達の方に向き直る。

「皆はバイコーンに乗って、第三外壁の大門に向かってくれ。俺とオルトビーンもすぐに合流するから」

俺の言葉に、皆が頷く。

「それじゃあ、これからがいよいよ戦の本番だ。皆、気合を入れて頑張ろう！」

「「「「「おう！」」」」」

第三外壁の上に転移した俺とオルトビーンは、帝国軍の動きを眺める。

まだ敵軍はかなり遠いが土煙を出して、走ってきているのがわかった。

だんだんと近付いてきて、人がゴマ粒くらいに見えてきたが……あっ、俺が仕込んでおいた落とし穴に引っ掛かっているな。

あの落とし穴は深さ十メートルはあるから、一度落ちると出ることができない。

割と古典的な手だが、続々と引っ掛かっているようで、進軍のスピードが緩くなった。

攻城兵器についても、落とし穴に落ちないように慎重に運んでいるようだ。

だがあのスピードなら、じきに堀の辺りまで辿り着くだろう。

俺達は外壁から降りてバイコーンに乗ると、大門に向かってリリアーヌ達と合流した。

騎士団や警備隊、狩人部隊の皆もいる。

「よし、開門！」

俺の合図で、城塞都市イオラの大門が開かれた。

門の外で待機していたダイヤウルフ達が待ちきれないといった様子で、ミルデンブルク帝国軍へ向って走っていく。

俺は背後にいる皆の方を振り返って、アダマンタイトの剣を振り上げた。

「これから戦が始まる。出陣だ！　皆、絶対に死ぬな！　これは命令だ！」

「「「「おう！」」」」

イオラ騎士団、アブル警備隊、狩人部隊の皆が、剣を突き上げる。

そして俺達は、ミルデンブルク帝国軍目指して駆けだした。

第17話　イオラ平原の決戦

俺達が堀の手前の丘に登った頃には、敵の先陣となる騎兵部隊およそ五千が、ちょうど堀に差しかかるところだった。歩兵隊や攻城兵器は、まだまだ後方にいるようだ。

既にダイヤウルフ達は堀を飛び越えて敵陣に突っ込んでおり、混乱が生まれている。

敵の先頭にいた騎兵隊の馬はダイヤウルフから逃れようと暴れ回るが、ダイヤウルフの鋭い牙や爪によって、傷を増やしていく。

騎兵も槍を振り回しているが、ダイヤウルフにはかすりもしなかった。

やがて次々と馬が倒れ、地面に放り出された騎兵達は、ダイヤウルフによって命を奪われていく。

さらにそこにイオラ騎士団、アブル警備隊、狩人部隊も堀を飛び越え、敵軍の中に突っ込んでいったことで、戦況は加速していった。

俺達の兵は敵の槍や剣を躱して、ミスリルの剣を振るって確実に敵を絶命させていく。

時々敵の武器が当たっているようだが、ミスリルの防具によって、あっさりと弾かれていた。

敵が十分に混乱したところで、俺達も堀を越えて敵軍に突っ込んでいった。

リンネは傷ついた仲間の兵士に《エリアヒール》をかけて、傷を回復させていく。

リリアーヌは《氷結》で氷の塊に、オルトビーンは《雷》で炭の塊に、敵を変える。

『進撃の翼』の五人も、本職は対魔獣である冒険者だというのに大活躍していた。まあ、人型の魔獣もいるから、その延長みたいなものかもしれないけど。

アマンダの両手剣が馬ごと騎兵を両断し、ノーラは大楯で騎兵隊の馬を押し倒し、槍の一撃で騎兵の頭を貫く。

セファーが細剣を巧みに操り敵兵の胸や額を穿つ横で、オラムは二本の短剣で敵の槍をあしらいながら、隙を見て首を跳ねていた。

そんな四人に守られるような立ち位置にいるドリーンは、《爆裂》で確実に敵兵を屠っている。

俺は仲間達を頼もしく思いつつ、アダマンタイトの剣を振るい、敵の数を減らしていく。

ふと空を見ると、ワイバーンと竜騎士の部隊が、城塞都市イオラへ向かって飛んでいた。

しかしすぐに、城塞都市イオラの第二外壁に設置された百門の大砲が轟音を立てて、ワイバーンを落としていく。

そしてそれを合図にして、アブルケル連峰の長城に待機していたファイアードラゴン達が飛び立つのが見えた。

彼らは急降下してくると、ワイバーンと竜騎士めがけて火炎のブレスを吐く。

直撃したワイバーンは無事でいられるはずもなく、墜落していくのが見えた。

仲間をやられたワイバーンが口から火球を吐き出すが、ファイアードラゴンの身体に当たったかと思うと、魔法を防御する鱗のせいか、すぐに消えてしまう。

そして火球を気にした様子もないファイアードラゴンの鋭い牙によって、ワイバーンと竜騎士は八つ裂きにされて地上に落ちていった。

これなら空の方は心配ないな。

俺がホッと息をついていると、左奥——魔の森がある方角から、何かが高速で飛来するのが見えた。

あれは——魔族の皆か！

影は百人近くおり、おそらく村の全員で参戦してくれたのだろう。

魔族達は俺達が潜り込んだ騎兵部隊の背後に迫ってきている。

すると、突然フェベの声が脳に響いた。

〈エクト、助けにきたよ。私達の本当の姿と力を見せるね〉

これは……念話か！

「ウォォオオーー！」

そんな咆哮と共に、飛行するフェベの身体が変形していく。

小さな体が体長三メートルほどの長身に変化し、細かった肢体（したい）も、筋骨隆々（きんこつりゅうりゅう）に変化する。そして牙と爪が鋭く伸び、目は真紅（しんく）に染まって、額の角が怪しく光った。

その変化は、他の魔族達も同様だった。

身体を変形させた魔族達は、声を揃えて魔法を発動する。

「「「「——大竜巻（おおたつまき）」」」」

それと同時に、百の大竜巻が発生し、帝国軍の騎兵部隊の背後から襲いかかる。

馬も人も関係なしに、帝国兵は空高くへと巻き上げられ、墜落していく。

「「「「――大蛇炎」」」」

続く呪文によって、今度は高さ一メートルほどの巨大な炎の蛇が百匹現れ、敵陣を蹂躙していく。

蛇が通った後には、炭しか残っていない。

後方で起きた大惨事に、前線にいた兵士達は気を取られたようで、その隙に俺達は倒していく。

騎兵部隊はすっかり恐慌状態に陥り、ほどなくして騎兵五千は殲滅された。

しかし息をついている暇はない。

いつの間にか、敵の本隊が押し寄せてきていたのだ。

その数は歩兵や工作兵等を含め、二万五千ほど。

まともに戦って勝てる数ではない。

「全員よく聞け！　イオラ騎士団、アブル警備隊、狩人部隊は、部隊ごとに固まって敵歩兵部隊の進路を妨害しろ！　絶対にバイコーンの脚を止めるな！　接敵したら離脱するのを繰り返せ！　まずいと思ったら堀の向こうに撤退するように！　……魔族の皆は、そのまま正面の敵――敵右翼部隊に突っ込んでくれ！」

俺はイオラ騎士団、アブル警備隊、狩人部隊に指示を出す。

目的は、俺達の目の前にいる敵歩兵部隊主力の出鼻をくじくこと。

あくまでも敵の進行を妨害するのが目的だから、突入はさせない。そんなことをすれば、一瞬ですりつぶされてしまうからな。

ただ、魔族の皆はその心配がないので、とりあえず正面の敵を殲滅してもらおう。

「俺達はこれより、敵の総大将の部隊を探して突入する！」

味方に指示を出し終えた俺は、オルトビーン達と共に敵陣の中に突っ込んだ。

おそらく敵の指揮官がいるのは、この歩兵部隊の中心地か、そこからやや後ろの指示を出しやすい場所のはず。

少人数でうまく潜り込めば、隙を突けるかもしれない。

俺達に気付いた敵兵が武器を繰り出してくるのをいなし、斬りつけながらバイコーンを走らせる。

リリアーヌやオルトビーン、セファー、ドリーンの魔法で敵を牽制しつつ、アマンダやノーラ、オラム、そして俺は武器を振るい続ける。

時に敵の武器が身体をかすめるが、すぐさまリンネが回復してくれる。

そしてバイコーンの毒の角もまた、効果的な武器になっていた。俺達が乗っているのがバイコーンだと理解した兵士の中には、角にあたるまいと逃げ出す者がいたくらいだ。

しかしところどころ守りが固い部隊がおり、思う方向に進めなかった。

「エクト、そろそろまずいんじゃないのかい？」

アマンダの顔に少し焦りの色が見える。俺は大声で指示を出す。

「とにかくバイコーンの脚を止めるな！　そうすればやられない！」

しかしアマンダは、そんな俺を咎めるように大きな声を出した。

「エクト！　敵の数が多すぎだよ！　敵の総大将を探すのは、もっと兵士が減ってからのほうがいい！　ここは魔族達に任せて、いったんイオラの方向へ戻るよ！」

「……く、わかった。全員、城塞都市イオラへ向かうぞ！」

どうやら熱くなりすぎていたみたいだな。

冷静さを取り戻した俺は、皆と一緒に右に大きく旋回して、堀の方向へ向かうことにした。

既に歩兵部隊の先頭は堀まで辿り着いており、イオラ騎士団やアブル警備隊、狩人部隊達は、一度堀の対岸に戻ったようだった。

俺達は歩兵部隊を背後から切り裂きながら堀まで到着すると、バイコーンの跳躍で堀を越えるのだった。


俺は堀の内側に作った丘の上に立ち、戦況を確認する。

空の方は、ファイアードラゴン達が圧倒的に優勢なようで、ワイバーン達はほとんど残っていない。

まぁ、ワイバーンの火球が効かないんじゃ、ああなるのはわかりきっていたが。じきに全滅するだろう。

視線を地上に戻せば、歩兵達は堀を前に、ダイヤウルフ達と戦闘を繰り広げていた。

ダイヤウルフの俊敏な動きに歩兵達はついていけないようで、徐々にその数を減らしている。

一方でやや堀から離れたところでは、いくつかの部隊の魔法士達が、丘に魔法を当てて崩そうとしたり、土を操って堀を埋めようとしたりしているのが見える。

敵陣の奥の方では攻城兵器を前に出す準備をしているようで、陣形が変わりつつあった。

ただ、俺達の左手側——敵右翼部隊がいる場所では、魔族達は相変わらず暴れていた。

〈エクト、私達頑張るからね！〉

時々そんなフェベの念話が伝わってきたかと思うと、大規模な魔法が放たれている。

俺は魔族の皆に心から感謝する。彼らのおかげで、戦況はかなり楽なものになっているからな。

この分ならしばらく大丈夫だろうと、俺は丘から降りて皆のもとに向かった。

イオラ騎士団のゲオルグが、三部隊全員に聞えるように声を張り上げている。

「今のうちにポーションを飲め！　回復に努めろ！　負傷者の手当てを優先させろ！」

隊員達はポシェットからポーションを取り出し、一気に飲んでいく。

どうやらゲオルグが、全体の指揮をとってくれていたらしいな。

俺は彼の近くへ向かって声をかけた。

「ゲオルグ、皆を統率してくれてありがとう。俺だけじゃ指示できないこともあるし、とても助かるよ。全員、まだやれそうか？」

「もちろんです！　さっきの足止めでわかりましたが、三隊合同でなら、突入しても被害なく敵兵を減らせそうです」

「そうか。だがくれぐれも無茶はするなよ。引き続きよろしく頼む」

「はい！」

俺がそう激励（げきれい）していると、ふと頭上に影が落ちてきた。

空を見上げると、そこにいたのはニブルだった。

〈エクト、戦況はどうだ？　少し様子を見に来たぞ！〉

「ニブル！　来てくれて助かったよ！　本当にありがとう！」

俺の言葉に、ニブルがニヤリと笑ったような気がした。俺もニブルに向って笑い返す。

「敵の本隊がここまで来たんだが、数が多すぎるんだ」

〈それでは少し手伝ってやるか！　このあたりは……ふむ、味方の魔獣がおるようだな〉

ニブルはそう言うと、敵の左翼側、ダイヤウルフがいないほうに飛んでいく。

そして大きく息を吸い込んだかと思うと、火炎のブレスを放った。

敵歩兵部隊は一瞬にして火炎のブレスに巻き込まれ、炭に変わる。

ニブルが同じことを三度繰り返せば、敵の左翼部隊は完全に消滅した。

「ニブル！　助かった！」

〈いつでも頼れ！　友よ！〉

ニブルはそう言い残すと、再び空に戻っていった。

これで敵の戦力はかなり削れたはずだ。

俺は改めて丘に登り、ミルデンブルク帝国軍の配置を見る。

すると、隣に来たオルトビーンが真剣な顔で、敵陣の中央に陣取る攻城兵器を指差した。

「エクト、今攻城兵器がこっちに向かって来てるけど、おそらく敵の総大将は、そのさらに奥にいると思う。さっきから、伝令らしき兵の動きが、あのあたりに集まっているんだ」

「なるほど、よく見てくれたな！」

「敵も、そろそろ俺達が総大将の居場所に気付いたと思ってるはずだ。ここは一気に攻め込もう」

「わかった」

俺はアダマンタイトの剣を掲げて、全員に向けて言葉を放つ。

「全員で敵の攻城兵器を目指す！　敵の総大将はその奥だ！　気合いを入れろ！」

「「「「おう！」」」」

俺達は再び堀を越えて、敵歩兵部隊の中に突っ込んでいく。

イオラ騎士団達は敵陣に突入すると、かく乱するように縦横無尽にバイコーンを走らせ始めた。

俺とオルトビーン達独立部隊は、敵陣の中心を駆け抜ける。

俺は敵総大将との戦いを想定して、ここで戦って体力を削らないように、アマンダに先頭を譲って少し後ろを走っていた。

そのおかげで、皆の戦いぶりがよく見える。

先頭のアマンダは両手剣を振り回して敵を切り倒しながら吠えている。

「オラオラオラオラ！　私に両断されたい奴はかかってきな！」

そのやや後ろにいるオラムは、元気いっぱいに両手の短剣を振り回していた。

「僕もアマンダに負けないからね！　さあ、かかってこい！」

そのオラムに守られるようにバイコーンを走らせるリリアーヌがゆったりとした動きで歩兵達を指差す。

「痛くありませんわ。永久の眠りにつきなさい――《氷結》」

リリアーヌが示した先にいた敵兵達は、一瞬にして全員氷の彫像になった。

「俺ものんびりしてられないな。《雷》」

彼女の近くにいたオルトビーンが高々と詠唱すると、敵は数人まとめて黒焦げになる。

その隣のセファーは、細剣で敵歩兵の攻撃をいなしながら、凛とした声で詠唱する。

「負けていられませんね。出でよ《風刃》」

セファーの進行方向にいた歩兵達は、風の刃に切り裂かれて細切れになった。

「さぁ、退くだ！」

「……喰らえ！」

ノーラが大楯を振り回して敵の歩兵部隊を吹き飛ばし、ドリーンの魔法で敵の頭が爆ぜる。

「みなさん、無茶はしないでくださいね！」

リンネは俺達全員の様子を見ていて、少しでも傷を負おうものならすかさず《エリアヒール》をかけてくれる。

さすが俺の仲間達、完璧な連携だ。

俺も剣を振るいながら、全速力で敵部隊の中を突破していく。

目標は敵の攻城兵器の奥にいるであろう総大将だ。

時折、魔族達が俺達をサポートするかのように、進行方向の敵を倒してくれる。

地上すれすれに滑空して、その鋭い爪で敵の歩兵部隊を斬り裂いたり、額の角から灼熱の光を放って敵を消し炭にしたりしてくれていた。

たまにだが、ディーノの咆哮やフェベの叫びが聞こえてきた。

「ウォォオオーー！」

「私達だって、できるんだからー！」

そんな魔族達の働きのおかげで、敵の右翼から中央にかけての部隊はほぼ壊滅し、逃走する姿もあった。

それでも、さすがに中央の兵数は多く、攻城兵器の近くにすら辿り着けずにいた。

するとその時、俺達の頭上にニブルがやってきた。

〈エクトよ、俺にできることはあるか？〉

「ニブル、助かる！　敵の攻城兵器を炎のブレスで焼いて、壊してくれ！」

〈わかった！　容易いことよ！〉

ニブルは一度上昇すると、カタパルトとバリスタへ向かって炎のブレスを吐きかける。

帝国軍が用意していた攻城兵器達は、一瞬にして炎に包まれ破壊された。

また、周囲にいた兵士達も巻き込まれたようで、敵陣に動揺が広がる。

しかも炎が中々消えず、敵兵は皆その場から離れようとしていたため、大きな隙ができた。

俺達は全速力でバイコーンを走らせ、敵部隊の隙間を抜けていく。

攻城兵器があった場所を抜けたところで、他の部隊とは明らかに違う、立派な鎧(よろい)を着こんだ五十名ほどの騎兵隊がいるのに気がついた。

おそらくあれが、敵の総大将がいる部隊だ！

敵部隊はこちらに気付いたのか、武器を構える。

「皆、目標の部隊を発見！　突撃するぞ！」

俺が先頭に躍り出て突っ込むと、皆ついてきてくれる。

しかし敵の騎兵隊は、明らかに他の部隊とは練度が違った。

ともすればこちらがやられそうな実力者ぞろいだ。

乱戦となり、アマンダが両手剣で敵の騎兵隊を斬り裂きながら叫ぶ。

「ここが正念場だよ！　全員で持ちこたえるんだ！　気を引き締めな！」

敵の騎兵隊との戦いが続き、少しずつ敵の数が減り始めたところで、急にランスを突き入れられた。

こんな武器を使う奴はいなかったはずだぞ!?

そう思ってそちらに目を向ければ、そこにいたのはフルプレートに身を包んだ男だった。

「久しぶりだな、エクト・ヘルストレーム！」

「その声は……マルバス将軍か！」

「その通り、慈悲(じひ)深い皇帝陛下に、貴様への復讐(ふくしゅう)を果たすために、この軍の総大将を任せていただいたのだ！　お前を倒せばこの戦は終わる！　俺との一騎打ちを受けよ！」

「なるほど……マルバス将軍が望むなら、その勝負受けてやる！」

「ふん、後悔せぬことだな」

マルバスは俺から距離を取り、改めてランスを構える。

俺もそれに倣って、その場から少し下がると、アダマンタイトの剣を構えた。

一見、リーチが長いリンスが有利だが、初撃をかわして懐に入れれば小回りの利く剣が強い。

俺とマルバスの間に緊迫した空気が流れ——俺達は同時に馬を走らせた。

マルバスが高速で突き入れてきたランスを、剣の腹で弾いて逸らす。

そしてそのまま剣を握りなおしてから、一閃。

お互いの馬が走り抜け、俺の背後でどさりと何かが落ちる音がした。

振り向けば、マルバスの上半身だけが地面に転がっている。

俺は剣を天に突き上げ、勝利を宣言した。

「エクト・ヘルストレームがマルバス将軍を討ち取った！　ミルデンブルク帝国軍の兵士達よ、よく聞け！　総大将は倒れた！　お前達の負けだ！」

その声で、ようやくマルバス将軍が敗れたことに気付いた敵の騎馬兵が、鬼のような形相で俺に向って突進してくる。

しかしそこにオラムが割り込んできて、敵の槍を短剣で受け止める。

その隙に、やってきたアマンダが剣を突き入れてきた敵兵の首を落とした。

「エクトは殺らせないよ！　私達が守る！」

そんな中、敵の騎兵隊から声があがる。

「くそっ、マルバス将軍の仇を討て！　まだミルデンブルク帝国軍は負けていない！　あいつを殺せば、まだ俺達にも勝利の目がある！」

ファイアードラゴンや魔族達もいるのに、本気で言っているのだろうか……いや、とにかく仇だけでも討ちたいのだろう。

それからも激闘は続いたが、俺達はなんとか騎兵隊を倒しきることができた。

そしてそれを見た周囲の歩兵達は、我先にと逃走を始めた。

おそらく中央軍の指揮はマルバスとその周囲の部隊がとっていたのだろう。

指揮官がいなくなり、そして俺達の力を目の当たりにして、戦う気がなくなったようだった。

こちらとしては人数が少ないので、逃げる背は討たず、未だに向かってくる敵だけを倒しているうちに、イオラ平原に帝国兵はいなくなっていた。

こうしてイオラ平原での攻防戦は幕を閉じたのだった。

「トシュテン、マルバス将軍がイオラ平原の攻防戦で倒されたというのは本当のことか？　三万の軍勢を任せていたのだぞ！」
陛下が玉座から立ち上がり、怒りを露わにして体を震わせている。
これ以上、陛下の怒りをぶつけられるのは避けたいが、まさか嘘を報告するわけにはいかない。
私は伝書鳥が運んできた情報を、恐る恐る読み上げる。

「イオラ平原での攻防戦で失った兵士数は二万人、攻城兵器は全て破壊され、敗走してきた兵士達も負傷者多数。我らが誇る竜騎士部隊も全滅いたしました」

陛下は信じられないと言いたげな顔で、私の報告を聞いている。

「敵はたかだか千人もいなかったんだろう？　いったい何が起こったのだ？」

伝書鳥による報告は一通だけではなく、複数届いている。

一通だけなら笑い飛ばすような内容が、どの報告にも書いてあった。

「敵にはファイアードラゴンと、悪魔のような存在――おそらく魔の森に住むという魔族が加勢していたようです……詳しくは、後日戻る兵に聞かねばなりませんが」

「ファイアードラゴンが手を貸しただと？　それに、魔の森に魔族が住んでいるという噂は誠だったとは……しかも魔族を味方につけるとは信じられん！」

陛下はげっそりした様子で、玉座に身体を沈める。

我々はファルスフォード王国に手を出してはいけなかったのだと、この時初めて思った。

◇　◇　◇

イオラ平原での激闘から三日後。

ニブル達には後日酒を持っていくことを約束し、フェベ達にもお礼を伝えると、彼らは帰っていった。

敵兵の死体や攻城兵器の残骸の処理も大変だったが、土魔法でとりあえず埋めて、堀や落とし穴も元に戻した。

そして今日、俺とオルトビーンは事の顛末を説明するため、王都ファルスの王城、グランヴィル宰相の執務室へ訪れていた。

グランヴィル宰相は、オルトビーンの説明をひと通り聞き終えると、眉根を寄せて口を開いた。

「――つまり、エクトの新しい領土となったイオラ平原を、ミルデンブルク帝国が奪い返そうと三万の軍勢で攻めてきたというわけだな。それをファイアードラゴンと、魔族の加勢によって、撃退した。特に後半は荒唐無稽な話に思えるが、それで合っているか？」

オルトビーンは穏やかに微笑む。

「宰相閣下の理解で間違いないですよ。事後報告になったことは謝ります」

グランヴィル宰相は執務室の机を指でコツコツと鳴らす。

「ミルデンブルク帝国が攻めてくる気配があった時点で、報告に来れば良かったではないか。そうすれば我が王国からも援軍を送れたのだぞ」

オルトビーンはゆっくりと首を横に振る。

「王国の兵がイオラ平原に来るまで、どれだけの時間がかかることか。それに俺達の戦力だけでも勝算があったからこそ、戦ったんですよ」

「……はぁ。まぁ今回は勝利したのだから良しとしよう」

グランヴィル宰相はようやく穏やかな表情になる。

かと思えば、姿勢を正して俺をまっすぐに見る。

「今回のイオラ平原での攻防戦での勝利、よくやったと言わせてもらおう。私の役目は陛下に報告することと……ミルデンブルク帝国には私が交渉に行かねばならんな。そもそもイオラ平原は、侵略戦争の賠償として割譲された土地。それを再び軍事的に奪おうとするなど、許されることではない。宰相である私が直接出向き抗議する必要があるだろう」

その話をしていて、俺はふと、グランヴィル宰相に話しておくことがあったと思い出した。

「宰相閣下、お願いがあります。戦勝国としての交渉の際、イオラ平原と隣接している魔の森を、我が国の領土としてください。実は魔の森に住んでいる魔族が我が王国で暮らしたいと言っていまして、既に約束しているんです。よろしくお願いします」

「ふむ、その魔族というのは手を貸してくれた者達なのだろう？　もちろん、覚えておこう」

よかった、これで魔族との約束を守れる。

グランヴィル宰相が魔族嫌いだったら話がこじれるところだったよ。

俺はホッと安堵の吐息をついた。

「さて、それでは私は陛下に報告してくる。おそらくすぐに謁見になると思うから、ここでしばらく待っていてくれ」

グランヴィル宰相は、そう言って部屋を出て行った。

それから一時間ほど、オルトビーンと共に今後の動き方について話していると、俺達は謁見の間に呼び出された。

謁見の間に向かえば、既に陛下とグランヴィル宰相が待っていて、俺は膝をつき頭を下げる。

「ヘルストレーム侯爵、面をあげよ」

その声に従い顔をあげると、陛下は楽しそうに微笑んでいた。

「此度のイオラ平原での攻防戦での勝利、ご苦労であった。勝利の褒賞を与えたいと思うが、何が良いか迷っている。何か希望はないか？」

「それでしたら、一つだけ。今回の交渉で魔の森を割譲された場合、そこを我が領土としたいのです」

「そんなことか。事情は宰相から聞いておる。もちろん問題ないぞ」

「ありがたき幸せ」

俺は頭を下げながら、ホッと息をつく。

「それでは宰相よ、頼んだぞ」

陛下はそう言って、謁見の間を後にするのだった。


謁見を終えた俺達は、宰相の執務室に戻ってきた。

そして交渉に向かう為の準備をグランヴィル宰相に済ませてもらってから、オルトビーンの転移魔法陣で、イオラにある俺の邸に戻る。

邸のリビングに現れた俺達三人を見て、リリアーヌが目を見開いていた。

「おじい様、お久しぶりですわ。お元気そうでリリアーヌも嬉しいですわ」

「おお、リリアーヌよ。会いたかったぞ。少し見ないうちにまた美しくなったのではないか？

もっと顔をよく見せておくれ」

孫にデレデレなグランヴィル宰相は、もはやただのおじいちゃんにしか見えない。

しかし宰相の言うことに、俺は納得して頷く。

確かにリリアーヌは、日々美しくなっているのだ。言うなれば、美少女から美女へステップアップしていく感じだ。

毎日顔を合わせていても、時々ドキッとするのだから間違いない。

俺が一人で頷いていると、グランヴィル宰相がとあることをリリアーヌに尋ねていた。

「エクトはリリアーヌのことを可愛がってくれているか？」

リリアーヌはどう答えようか考えている様子で俺のほうを見る。

それに気付いたグランヴィル宰相の視線が俺に突き刺さった。

答え次第ではただでは済まさんと、視線が語っている。

「……最近はイオラ平原の攻防の準備で忙しかったですから、ゆっくりできるようになれば、リリアーヌとゆっくりしたいと思います」

「リリアーヌを泣かせたら、わかっておるだろうな！」

「もちろんです。リリアーヌのことは大事にさせていただきます」

その俺の言葉に、リリアーヌは満面の笑みだ。

すると、一連の流れを見ていたオルトビーンが、呆れた顔でグランヴィル宰相に話しかけた。

「そんなことのためにイオラまで来たわけではないでしょう。早くお役目を果たしにいきましょう」

ナイスアシスト、オルトビーン！

その言葉で仕事のスイッチが入ったのか、宰相の表情が引き締まる。

「オルトビーン、ミルデンブルク帝国への先触れの準備はできているか？」

「ええ。このあと、封書を持って出発するだけです。バイコーンを使うので、帝都まで十五日ほどで到着するはずですよ」

「ふむ。それでは我らは、明日出発するとしよう。馬車であれば、三十日程度だったか？」

「そうですね。一応バイコーンに引かせれば、多少は早く行けますが。だいたい二十日程度でしょうか」

オルトビーンの返答にグランヴィル宰相が頷いていると、リリアーヌが腰の後ろで両手を組んで、宰相の顔を覗き込む。

「帝都に行かれるのですか？　それなら私とリンネもご一緒いたしますわ。だって、前回行けなかったんですもの。おじい様、よろしくお願いしますわ」

「リリアーヌの願いならば叶えねばな。同行することを許可する」

グランヴィル宰相は即答した。

いいのか、とも思ったが、リリアーヌがいてくれたほうがグランヴィル宰相の機嫌が良い。これで馬車の旅も楽になりそうだ。

その日の夜は宰相をもてなす食事会が開かれ、明日からの旅に備えて早めに眠りにつくのだった。

翌朝、俺、オルトビーン、リリアーヌ、リンネ、グランヴィル宰相の五人は邸を出て、バイコーンの馬車まで歩いていく。

馬車の周りには、護衛役である『進撃の翼』の五人が、バイコーンに乗って待機していた。

オルトビーン、リリアーヌ、リンネ、グランヴィル宰相の四人が馬車の中へ入っていくのを見届けた俺は、近くにいたバイコーンに跨って、アマンダの隣に向かう。

リリアーヌさえ一緒ならグランヴィル宰相の機嫌は良いし、俺が馬車の中にいるとややこしい事になる。仕事の話もあるかもしれないが、難しいことはオルトビーンに任せておけばいい。

アマンダは俺の顔を見てニヤニヤと笑っていた。

「馬車から逃げてきたな！　エクトにも苦手なことがあるんだな！」

「ずっと緊張しているのは性に合わないからだよ」

俺がそう答えても、アマンダは「ふーん」とニヤニヤしたままだった。

とにかく、帝都での交渉次第で、魔の森が手に入るかどうか、そして魔族達を迎え入れられるかどうかが大きく変わってくる。とても重要な交渉だ。

だが、グランヴィル宰相とオルトビーンがいれば、きっと上手くいくはずだ。俺は気楽に交渉を見学させてもらおう。

俺達は城塞都市イオラの大門を出て、帝都への道を進み始めるのだった。

月が導く異世界道中
Tsukiga Michibiku Isekai Dochu
あずみ圭
Azumi Kei
1~17
8.5
シリーズ累計200万部突破の超人気作!(電子含む)
TVアニメ第2期制作決定!!
月が導く異世界道中
あずみ圭
異世界へと召喚された平凡な高校生、深澄真。彼は女神に「顔が不細工」と罵られ、問答無用で最果ての荒野に飛ばされてしまう。人の温もりを求めて彷徨う真だが、仲間になった美女達は、元竜と元蜘蛛!? とことん不運、されどチートな真の異世界珍道中が始まった!
薄幸系男子の成り上がりファンタジー、開幕!
なんてだろう親の都合で異世界へ
読者賞受賞作!
待望の書籍化!
2期までに
原作シリーズもチェック!
●各定価：1320円(10%税込)
●illustration：マツモトミツアキ
月が導く異世界道中
1
あずみ圭
木野コトラ
とことん不運、されどチート!!
漫画：木野コトラ
●各定価：748円(10%税込)●B6判

余りモノ異世界人の自由生活

勇者じゃないので勝手にやらせてもらいます

1・2

［著］藤森フクロウ
Fuzimori Fukurou

幼女女神の押しつけギフトで快適！辺境ソロ生活！

第13回
アルファポリス
ファンタジー小説大賞
特別賞
受賞作!!

勇者召喚に巻き込まれて異世界転移した元サラリーマンの相良真一（シン）。彼が転移した先は異世界人の優れた能力を搾取するトンデモ国家だった。危険を感じたシンは早々に国外脱出を敢行し、他国の山村でスローライフをスタートする。そんなある日。彼は領主屋敷の離れに幽閉されている貴人と知り合う。これが頭がお花畑の困った王子様で、何故か懐かれてしまったシンはさあ大変。駄犬王子のお世話に奔走する羽目に!?

●各定価：1320円（10％税込）●Illustration：万冬しま

不死王はスローライフを希望します
FUSHIOU WA SLOW LIFE WO KIBOU SHIMASU
小狐丸
Kogitsunemaru
累計56万部!(電子含む)
『いずれ最強の錬金術師?』
著者が贈る
ゆるっとファンタジー!
辺境の森でエルフ娘を
の〜んびり子育て中!
平凡な会社員の男は、気付くと幽霊と化していた。どうやら異世界に転移しただけでなく、最底辺の魔物・ゴーストになってしまったらしい。自らをシグムンドと名付けた男は悲観することなく、周囲のモンスターを倒して成長し、やがて死霊系の最強種・バンパイアへと成り上がる。強大な力を手に入れたシグムンドは辺境の森に拠点を構え、人化した魔物や保護したエルフの母子と一緒に、従魔を生み出したり農場を整備したり、自給自足のスローライフを実現していく——!
不死王はスローライフを希望します
小狐丸
最弱ゴーストから最強バンパイアに超進化!?
辺境の森でエルフ娘を
の〜んびり子育て中!
●定価：1320円（10%税込）
●ISBN 978-4-434-29115-9
●Illustration：高瀬コウ

異世界に
転生したけど
トラブル体質なので
心配です
小鳥遊渉
Takanashi Ayumu
魔物退治も、辺境開拓も、家のお手伝いも
ぜ～んぶ
サクサク
できちゃう！
過労死した俺は異世界に転生し、アルフレッドという6才の少年として生きることに。前世が薄幸だった分、家族と穏やかに暮らしたい……と思っていたら魔法はチート級、剣技も大人顔負けと、なんだか穏やかじゃない!?　更にお手伝い感覚で村を整備したら、随分立派な感じになってしまった。その評判を聞きつけて王都の騎士団が調査に来るし、時を同じくしてゴブリンの軍勢に襲われるし……もしかして俺、トラブル体質？
◉定価：1320円（10%税込）　ISBN 978-4-434-29398-6　◉illustration：結城リカ
異世界に
転生したけど
トラブル体質なので
心配です
小鳥遊渉
魔物退治も、辺境開拓も、家のお手伝いも
ぜ～んぶ
サクサク
できちゃう！
俺ってチート持ちかも!
だけど、いつもやりすぎて
トラブルを起こしてばかり…!?
アルファポリス

宮廷から追放された魔導建築士、
未開の島でもふもふたちと
のんびり開拓生活!
空地大乃
Sorachi Daidai
不遇の元宮廷建築士、
もふぷにな使い魔たちと
建築しながら島ぐらし!!
とある王国で魔導建築を学び、宮廷建築士として働いていた青年、ワーク。ところがある日、着服の濡れ衣を着せられ、抵抗むなしく追放されてしまう。相棒である妖精ブラウニーのウニとともに海を渡った彼は、未開の島に辿り着き、出会った魔獣たちと仲良くなる。その頃王国では、ワークを追放したことで様々なトラブルが起きていたのだが……ワークはそんなことなど露知らず、持ち前の魔導建築の技術で建物を作ったり、魔導重機で魔獣と戦ったりと、島ぐらしを大満喫する!
◉定価:1320円(10%税込) ISBN 978-4-434-28909-5 ◉illustration:ファルケン

e, nouryokunasi de
party tsuihou sareta ore ga
zenzokusei mahou tsukai!?
えっ、能力なしでパーティ追放された俺が全属性魔法使い!?
~最強のオールラウンダー目指して謙虚に頑張ります~
著 たかたちひろ
Ill. たば
無能と言われ続けた俺が全属性魔法使いに覚醒!!!
賑やかな仲間達と楽しく謙虚に暮らします!!
覚醒から始まる、一発逆転&成り上がりファンタジー!
冒険者のタイラーは、誰でも発現するはずの魔法属性がないことを理由に、ダンジョンの最奥に置き去りにされてしまう。しかし、幼馴染・アリアナの窮地を前にして、全属性の魔法を使えるという秘められた力が覚醒! アリアナとともにダンジョンを脱出したタイラーは、妹の病を治す薬草が超上級ダンジョンにあるという情報を得る。すぐにアリアナとともにパーティを結成しなおすと、冒険者として新たな目標に向かって再出発するのだった――

ネットで話題沸騰！

アルファポリスWeb漫画

面白い漫画が毎日読める!!

人気連載陣

- THE NEW GATE
- 素材採取家の異世界旅行記
- 異世界ゆるり紀行 ～子育てしながら冒険者します～
- いずれ最強の錬金術師？
- 追い出された万能職に新しい人生が始まりました
- 勘違いの工房主
- 装備製作系チートで異世界を自由に生きていきます

and more...

選りすぐりのWeb漫画が **無料で読み放題！**

今すぐアクセス！ ▶ アルファポリス 漫画 検索

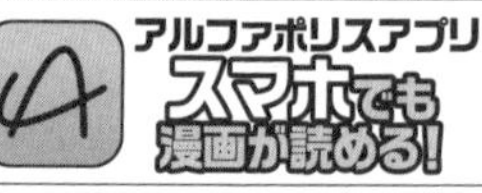

この作品に対する皆様のご意見・ご感想をお待ちしております。

おハガキ・お手紙は以下の宛先にお送りください。

【宛先】

〒150-6008 東京都渋谷区恵比寿4-20-3 恵比寿ガーデンプレイスタワー 8F
（株）アルファポリス　書籍感想係

メールフォームでのご意見・ご感想は右のＱＲコードから、
あるいは以下のワードで検索をかけてください。

ご感想はこちらから

本書はWebサイト「アルファポリス」（https://www.alphapolis.co.jp/）に投稿されたものを、改題、改稿、加筆のうえ、書籍化したものです。

ハズレ属性土魔法(ぞくせいつちまほう)のせいで辺境(へんきょう)に追放(ついほう)されたので、ガンガン領地開拓(りょうちかいたく)します！２

潮ノ海月（うしおのみづき）

2021年10月31日初版発行

編集－村上達哉・宮坂剛
編集長－太田鉄平
発行者－梶本雄介
発行所－株式会社アルファポリス
〒150-6008 東京都渋谷区恵比寿4-20-3 恵比寿ガーデンプレイスタワー8F
TEL 03-6277-1601（営業） 03-6277-1602（編集）
URL https://www.alphapolis.co.jp/
発売元－株式会社星雲社（共同出版社・流通責任出版社）
〒112-0005 東京都文京区水道1-3-30
TEL 03-3868-3275
装丁・本文イラスト－しいたけい太（https://kta922illustration.wixsite.com/website）
装丁デザイン－AFTERGLOW
印刷－図書印刷株式会社

価格はカバーに表示されてあります。

落丁乱丁の場合はアルファポリスまでご連絡ください。

送料は小社負担でお取り替えします。


ISBN978-4-434-29499-0 C0093